T0245714

ESPAÑA MISTERIOSA

TERRORES NOCTURNOS PRESENTA:

ESPAÑA MISTERIOSA

SILVIA ORTIZ

EMMA ENTRENA

MOLINO

Papel certificado por el Forest Stewardship Council*

Primera edición: octubre de 2023
Primera reimpresión; octubre de 2023

© 2023, Emma Entrena y Silvia Ortiz
© 2023, Penguin Random House Grupo Editorial, S. A. U.
Travessera de Gràcia, 47-49. 08021 Barcelona
Diseño de cubierta: Penguin Random House Grupo Editorial/Meritxell Mateu

Imágenes de interior:
iStockPhoto: 31, Motortion; 39, AlexLinch; 43, Zlaki; 47, Herraez; 104, Brazo;
116, DedMityay; 157, Esther Derksen; 165, Laurel King; 175, DedMityay; 181, Sdominick;
188, Liebre; 191, CasarsaGuru; 201, Jarino4. Shutterstock: 55, Valiantsin Suprunovich; 88, Pabkov;
99, Bjoern Wylezich; 121, Pumbastyle; 127, Basotxerri; 133, Snow Toy; 142, PV Productions;
207, Arthur Zhabyak; 211, Raggedstone. Creative Commons:
18, 27, 61, 65, 73, 84, 101, 109, 171

Elementos de diseño:
iStockPhoto: Aerial3; Kirill Veretennikov; Ulimi

Printed in Spain – Impreso en España

ISBN: 978-84-272-3817-6
Depósito legal: B-13.810-2023

Compuesto por Carolina Borràs
Impreso en Artes Gráficas Huertas, S. A.
Fuenlabrada (Madrid)

MO 38176

A la piña que me abraza desde la tierra
y a la matriarca, mi abuela, que nos cuida desde el cielo.

Silvia Ortiz

Dedicado a mi familia, mi todo,
que me ha apoyado desde el principio.

Y para mis abuelos,
sé que me leeréis desde el cielo.

Emma Entrena

ÍNDICE

INTRODUCCIÓN

El misterio convive con la humanidad desde el principio de nuestra existencia. Y así seguirá siendo siempre. Leyendas, crímenes, historias paranormales y casos sin resolver persiguen al ser humano desde que este comenzó a dar sus primeros pasos sobre la tierra.

Aunque cada casa, calle, ciudad o país tiene infinidad de historias relacionadas con el mundo del terror, en este libro hablaremos únicamente de los casos más truculentos ocurridos en España.

Desde un lugar encantado cuyos informes policiales confirman un alto grado de actividad paranormal, hasta un crimen atroz que podría parecer más propio de una película de terror. En este libro hablaremos de numerosas historias y casos que ocurrieron en España desde hace siglos hasta nuestros días.

Toda la información aquí reflejada se ha extraído de libros, informes policiales, documentales, declaraciones de los testigos, medios de comunicación y entrevistas que hemos llevado a cabo nosotras mismas y que posteriormente hemos plasmado sobre las páginas de la forma más completa posible.

Para poder seguir un orden, dentro de la infinidad de leyendas, casos e historias relacionadas con el mundo del misterio que existen en nuestro país, hemos optado por dividir el libro en cuatro partes bien diferenciadas: en cada una de ellas nos centraremos en unos casos de un ámbito concreto.

En primer lugar, nos hemos remontado a siglos atrás para hablaros de las leyendas más oscuras de España, que ya forman parte de la cultura del país. La Santa Compaña o el hombre del saco son algunas de las historias que os contamos en este libro, aunque también nos centramos en otras propias de localidades o ciudades concretas, como la leyenda en torno al metro de Madrid o las oscuras historias que rodean al pueblo excomulgado de Trasmoz.

En el segundo bloque hemos incluido todo lo que tiene que ver con lugares encantados de diferentes localidades de la península ibérica y de las islas. Los fantasmas del Hospital del Tórax o las oscuras leyendas que rodean al Cortijo Jurado son algunos casos que trataremos en profundidad un poco más adelante. En este apartado hemos intentado incluir casos de casi todas las zonas del país para ofrecer una perspectiva lo más amplia posible de la crónica del misterio en España.

La tercera parte del libro es similar a la anterior, pero con un matiz importante. Hablamos de lugares paranormales o crímenes que han sido avalados con documentos oficiales, es decir, que no han quedado en meras leyendas. Historias terroríficas que estamos seguras de que a más de uno le quitarán el sueño.

Además, dentro de los tres primeros bloques, encontraréis las Grandes historias, investigaciones en profundidad sobre casos que han marcado la historia y han capturado la imaginación de todo un país.

Por último, hemos decidido dejar una de las partes más inquietantes y únicas para el bloque final: las experiencias paranormales de nuestros seguidores. Hablamos de únicas porque son experiencias que solo nos han contado a nosotras y que no es posible encontrar en ningún libro, documental o página web. Es un contenido exclusivo de *Terrores Nocturnos*, donde recogemos las vivencias más escalofriantes. Todos nuestros seguidores nos han dado el consentimiento para dejar plasmadas sus experiencias en las páginas de este libro y no podemos estar más agradecidas con ellos por apoyarnos día tras día y ayudarnos a crear contenido de calidad con sus experiencias paranormales. Aprovechamos el momento para dar las gracias a todos estos oyentes y a las personas que nos seguís cada semana.

UN LIBRO QUE LO CAMBIÓ TODO

Tras hacer una breve introducción de lo que encontraremos en el libro, consideramos imprescindible presentarnos para todos aquellos que no nos conocéis, pero también para que aquellos que ya nos conocéis sepáis más de nosotras.

Somos Silvia Ortiz y Emma Entrena, dos jóvenes periodistas que después de estudiar en la Universidad de Ciencias de la Información de la Complutense de Madrid, elegimos caminos distintos que desembocaron en un mismo sitio.

Silvia Ortiz se metió de lleno en el mundo de la prensa y poco después comenzó una beca con la Asociación de Prensa de Madrid, donde se decantó por la radio. Mientras, Emma Entrena se enfocó en el medio radiofónico, decidió cursar un máster y acabó haciendo sus prácticas en la misma cadena de radio donde estaba Silvia.

Conectamos de inmediato y después de trabajar unas semanas juntas en la sección de informativos, decidimos crear nuestro propio podcast.

A las dos nos apasionaba el terror, los casos paranormales y los crímenes reales y, de hecho, estos se acabaron convirtiendo en nuestros principales temas de conversación cuando hacíamos un descanso en nuestro trabajo. No nos costó mucho plantear qué tema íbamos a tratar en el podcast, la decisión fue unánime: el terror.

Tras crear las redes sociales, darle un poco de forma al proyecto y coronarlo con un nombre, decidimos emitir nuestro primer episodio a finales de febrero de 2019. Y ahí comenzó nuestra aventura.

A partir de entonces, el capítulo semanal se convirtió en nuestra prioridad y los tres tuvimos que aprender a coger ritmo a la hora de documentarnos, escribir y ambientar los programas si queríamos tomarnos esto en serio.

Lo que en un principio fueron apenas cien escuchas a la semana, se convirtieron en cientos y cuando llevábamos menos de un año, rozamos el millar, lo cual nos sirvió de motivación para seguir dedicando tiempo, esfuerzo y muchas ganas a este proyecto.

Nos convertimos en nuestros propios directores, redactores, guionistas, community managers y realizadores, pero también aprendimos a crear una estrategia de marketing, a contactar con clientes, hacer promociones con otras empresas y a crear nuestra propia estrategia en redes sociales.

Y lo que parecía imposible llegó. Superamos el millón de escuchas totales del podcast y seguimos creciendo en oyentes, rondando las cuatrocientas cincuenta mil escuchas mensuales y posicionándonos en el «top 3» de podcasts de misterio más escuchados en España. También hemos entrado en la lista de los treinta podcasts más escuchados a nivel nacional.

Lo que más nos sorprende es que, hoy en día, la audiencia continúa creciendo. Es una completa locura.

Cuando pensábamos que esto no podía ser más surrealista, recibimos un mensaje de la editorial Penguin Random House en el que nos proponían escribir un libro con algunos de los casos más impactantes de España.

Ninguna de las dos daba crédito: ¿nos estaban ofreciendo escribir un libro? Y aunque al principio fuimos poco a poco, con la mente fría para poder analizar bien la oferta, ambas nos dimos cuenta de que se trataba de una buenísima oportunidad para dar un salto más en nuestra carrera y en nuestro proyecto, *Terrores Nocturnos*, que hasta ahora solo veíamos en formato podcast.

Así pues, ha llegado el momento de mostraros todo lo que hay en este libro, que nos ha cambiado la vida y que hemos escrito con mucha paciencia, trabajo, documentación y amor. Esperemos que disfrutéis tanto leyéndolo como hemos disfrutado nosotras escribiéndolo.

LAS LEYENDAS
CON LAS QUE CRECIMOS
PRIMERA PARTE

LA PALABRA LEYENDA VIENE DEL LATÍN *LEGENDA*, QUE SIGNIFICA «LO QUE DEBE SER OÍDO». QUIZÁ POR ESO ESTOS RELATOS SE HAN TRANSMITIDO DE GENERACIÓN EN GENERACIÓN, TRANSFORMÁNDOSE Y MEZCLANDO LO REAL CON LO FICTICIO, PERO SIN PERDER SU ENSEÑANZA. REPRESENTAN LA CULTURA, LA RELIGIOSIDAD O EL FOLCLORE DE LOS PUEBLOS QUE LAS CUENTAN. POR ESO, LAS DEL NORTE DE ESPAÑA ESTÁN IMBUIDAS DE LAS *MEIGAS*, LAS DE LAS DOS CASTILLAS BEBEN DE LA RELIGIÓN Y EN LAS DEL SUR SE APRECIA LA INFLUENCIA MOZÁRABE. LAS LEYENDAS SON NUESTRO PATRIMONIO CULTURAL, PERO TAMBIÉN UNA REPRESENTACIÓN DE NOSOTROS MISMOS.

LA PROCESIÓN DE LAS ÁNIMAS

Galicia es una tierra mágica llena de leyendas sobre brujas, duendes o espíritus. La Santa Compaña es una de las historias más conocidas no solo en la región, sino en el país. Se trata de una procesión de almas en pena que vagan por los bosques gallegos en busca de personas vivas que se unan a su marcha para toda la eternidad.

Una triste melodía rompe el silencio de la noche. Son cánticos lejanos, voces guturales que resuenan entre los árboles. Esas notas van acompañadas de un lamento, un sollozo que se apaga en ocasiones, pero que cobra fuerza en otras.

La luna alumbra con sus colores fríos unas sombras portadoras de pequeñas luces que parecen ser velas. Acompañando su marcha, un aire frío perfumado de incienso o cera advierte a todo ser vivo de que algo oscuro se acerca, algo que no es de este mundo.

Los animales nocturnos perciben el peligro y huyen en cuanto notan la presencia de esas sombras. Los más astutos ni siquiera esperan a su llegada y alzan el vuelo o se alejan a kilómetros de distancia.

Unos segundos después, unas siluetas negras se dibujan en la oscuridad. Dos hileras de encapuchados caminan a paso lento por los senderos gallegos mientras entonan unos cánticos similares a los gregorianos. Al frente de las filas, una figura más alta y alargada porta una gran cruz, indicando al resto el camino a seguir.

Según se acercan, sus cuerpos dejan de parecer humanos. Esos seres encapuchados carecen de rostro y sus pies se transparentan con el polvo del camino. No andan, más bien levitan.

Entre ambas filas, hay un miembro de la procesión que se diferencia del resto. No viste de negro, sino de blanco y su rostro es visible, al igual que sus pies. Es el único que parece un ser humano o, mejor dicho, lo que queda de él.

Su mirada perdida da a entender que lleva días caminando sin rumbo. Tiene unas oscuras ojeras y unos pómulos cadavéricos que parecen los de una persona desnutrida. Arrastra torpemente, al ritmo de los cánticos, los pies llenos de heridas. Es como si la energía de esa persona se hubiese consumido, como si solo le quedaran fuerzas para lamentarse y suplicar la muerte.

Y si en lugar de ser meros lectores, hubiéramos visto realmente a la Santa Compaña marchar frente a nosotros, eso solo podría significar una cosa: seremos los próximos, nuestro final está cerca.

LOS ORÍGENES DE LA LEYENDA

A pesar de la importancia y el peso que tiene la leyenda de la Santa Compaña en nuestra cultura, su origen sigue siendo desconocido.

Hay quienes señalan el mito de la cacería salvaje como uno de los precursores de esta historia. Originaria del norte de Europa, la leyenda hacía referencia a un gran grupo de cazadores que surcaban los cielos guiados por Odín, el dios nórdico de la sabiduría y la guerra. Auguraban la muerte de todo aquel que los viese o, incluso, alguna desgracia para toda una aldea, como una guerra, una epidemia, una plaga o una inundación. Asociada a este mito encontramos la historia de los *cwn Annwn*, una jauría de perros presidida por Arawn, el rey del Otro Mundo, procedente de la mitología galesa.

En la misma línea, podemos hablar de la mitología y el folclore de la Baja Bretaña, en Francia, donde encontramos la historia de Aknou, la personificación de la muerte, que viaja en un carro similar a los utilizados en la Edad Media y recoge cadáveres. Según las descripciones, se trata de una figura alta y esbelta, vestida con ropa negra y un sombrero que le oscurece su rostro.

Del mismo modo, a la Santa Compaña también se la ha relacionado con las historias irlandesas de las *banshees,* o hadas de la muerte, y con la mitología celta.

Sin embargo, no se sabe con exactitud cuáles de estas historias sirvieron para dar forma a la Santa Compaña: lo único que se sabe con certeza es que su origen podría remontarse al siglo XVI. Lo más curioso, sin embargo, es ver cómo tantas culturas de distintos países, e incluso épocas diferentes, cuentan casi la misma historia... ¿Casualidad? Es difícil creerlo.

LA PROCESIÓN DE LAS ALMAS EN PENA

Se dice que la Santa Compaña puede verse a todas horas, pero en especial durante la noche y en algunas fechas concretas, como la noche de San Juan o la de Todos los Santos.

No todo el mundo puede ver esta comitiva, tan solo las personas con capacidades especiales. Entre ellas, los niños a quienes el sacerdote, por error, bautizó usando óleo de los difuntos en lugar de agua bendita.

Las dos figuras más reconocibles de la procesión son el Estadea y la víctima. El Estadea es el líder de la procesión y suele portar una cruz, una vela o un caldero con agua bendita.

En cambio, la segunda figura acostumbra a vestir de blanco y camina por el centro de la procesión. Se trata de la víctima, aquel mortal reclutado por estas almas en pena y condenado a vagar con ellas durante toda la eternidad, incluso después de muerto. Solo existe una forma de que se salve de tal maldición y consiste en encontrarse con otra persona, otro mortal al que la Santa Compaña convertirá en su nueva víctima entregándole un crucifijo o una vela.

CÓMO LIBRARSE DE LA MALDICIÓN

El terror que infunde esta procesión formada por almas en pena no nos debe frenar a la hora de actuar rápido para no convertirnos en la víctima que camine junto a ellos eternamente. Existen numerosas formas de esquivar esta comitiva, siempre y cuando se apliquen lo más rápido posible y se hagan de forma correcta.

La primera de ellas, y también la más eficaz, es ir corriendo hasta un *cruceiro* y aferrarse a él. Los *cruceiros* son monumentos religiosos en forma de cruz de piedra que se pueden encontrar en numerosos caminos gallegos.

Pero si cuando presenciamos la tenebrosa procesión no hay ninguno cerca, tenemos otras alternativas que nos pueden librar de la maldición.

⊕ Trazar un círculo en el suelo: como símbolo del sello de Salomón, proveniente de las tradiciones judías, se utiliza para dar fe de la autoridad de su portador. Se dice que este símbolo tiene efectos mágicos, entre los cuales la capacidad de evitar que nos recute la Santa Compaña.

⊕ Huir o evitarlos: una de las soluciones más sencillas es correr y escapar de su presencia. Hay quienes han preferido no mirar la procesión y taparse los ojos y los oídos para evitar cualquier contacto con ellos.

⊕ Portar algo o llevar una cruz: portar algo en la mano es una solución si las almas en pena encapuchadas te ofrecen una vela o una cruz. Otra alternativa es llevar una cruz y mostrársela al grupo o decir alto y claro «cruz ya tengo» y seguir tu camino.

⊕ Tumbarse boca abajo: si ninguna de las soluciones anteriores nos sirve, existe esta que es la más sencilla de todas. Tumbarse boca abajo y evitar responder a cualquier pregunta que te haga el grupo con sus voces de ultratumba y su presencia fantasmal.

TESTIMONIOS REALES SOBRE LA SANTA COMPAÑA

Esta leyenda es una de las más conocidas en España, no solo por lo arraigada que está en nuestra cultura sino por la cantidad de testimonios que existen en torno a ella.

Raúl es un oyente habitual de *Terrores Nocturnos*, además de uno de los testigos que han tenido la suerte o la desgracia de ver de cerca esta tenebrosa procesión de almas en pena.

Catalán, pero hijo de padres gallegos, ha pasado numerosos veranos en una aldea de Lugo de no más de cinco casas. Su historia se remonta a cuando tenía diez años y tan solo tres de las casas de ese minúsculo pueblo estaban habitadas.

El terreno de la familia de Raúl era el más grande de todos, porque allí dentro habían vivido sus abuelos, su madre y sus tíos. Un total de dos adultos y nueve niños que pasaron gran parte de su vida entre esas cuatro paredes y que ahora, tiempo después, también aprovechaban los nietos.

Una de las noches, Raúl se despertó con muchas ganas de ir al baño. Para llegar hasta el retrete, había que cruzar un pasillo interminable al que daban otras seis habitaciones y cuya iluminación era tan pobre que incluso con los interruptores encendidos había que ir palpando las paredes para no darse de frente con una de ellas.

Tras regresar a la habitación, el pequeño volvió a subirse a su cama con cuidado de no despertar a su hermano, que dormía a su lado. Pero cuando estaba a punto de tumbarse, unos ruidos lo obligaron a asomarse a la ventana.

A través de uno de los paneles de cristal, Raúl vio a un grupo de encapuchados que vestían de negro y llevaban velas. Iban por uno de los caminos que llevaban al monte.

Aunque la casa de Raúl era la más grande, no era la mejor situada. Estaba en el límite del pequeño pueblo, casi a las afueras, y el niño sabía con certeza que ese camino no llevaba a ningún lugar, tan solo al bosque ubicado en la ladera del monte.

No me fijé en nada más, solo vi las velas y a unas cuantas personas. No tenía reloj, no sabía qué hora era ni qué era aquello, pero sí sabía que toda la gente de la aldea era muy creyente, así que imaginé que era algo religioso y que sería una noche especial.

No le di mayor importancia y me metí en la cama a dormir. Jamás conté este suceso a nadie de mi familia, pero años después supe que era la Santa Compaña.

Algo parecido le sucedió a la abuela de Cándida, otra de nuestras seguidoras, cuando se topó de frente con estos espíritus.

Cuando era joven, su abuela —que vivía en Pontevedra— estaba volviendo de las fiestas de un pueblo cercano al suyo. Para regresar a su casa tenía que bordear un terreno, algo así como una explanada privada. Esto implicaba alargar la vuelta a casa por una zona donde apenas se veía nada.

Justo antes de llegar a la curva, la joven, que estaba completamente sola, vio a unos metros del camino a un grupo de personas encapuchadas y con velas que caminaban lentamente hacia ella.

En un acto de valentía, la chica mantuvo su ritmo y al llegar a la curva donde los había visto, se dio cuenta de que allí no había nadie.

Lo único que pudo sentir mi abuela es que, al llegar hasta ese punto, olía como a ceniza o a cera de vela.

Una de las señales más claras de que la Santa Compaña está cerca.

LEYENDAS SIMILARES A LA SANTA COMPAÑA

Aunque no comparten el mismo nombre, esta leyenda no solo existe en Galicia, sino en muchas más zonas de la península.

En Asturias, por ejemplo, se conoce como la Güestía. En la zona de Extremadura existe la llamada Genti di Muerti o el Cortejo de Gente de Muerte, leyenda según la cual dos jinetes descienden del más allá para anunciar el fallecimiento de algún mortal.

En Zamora, la Santa Compaña se llama la Estadea, nombre que se utiliza también para referirse al líder o alma en pena que preside esta lúgubre procesión.

En León, es más conocida como la Güeste de Ánimas y, a diferencia de la leyenda gallega, esta hace su aparición la noche de Todos los Santos y sale desde los cementerios o las iglesias.

Por último, otra de las zonas donde es común escuchar una historia muy similar a la Santa Compaña, pero con otro nombre, es en Castilla-La Mancha, donde se habla de la Estantigua o la Santa Compaña castellana.

Existen muchas formas de referirse a esta historia y muchas más de contarla, pero si algo comparten todas ellas es que se trata de una procesión espectral que augura a todo aquel que la ve el peor de los males: la muerte.

EL METRO QUE VIAJA SOBRE LOS MUERTOS

Tirso de Molina es una de las plazas más castizas de Madrid. Muy cerca de la Puerta del Sol, destaca por su ambiente y por ser una de las zonas con más vida de la capital. De día está ocupada por bares, terrazas y puestos de flores que llenan de color cada rincón. De noche, todo son copas, risas, música, cerveza y discotecas. Lo que esos jóvenes que llenan las terrazas no saben es que bajo sus pies se encuentra uno de los puntos más encantados de toda la ciudad: el metro de Tirso de Molina. Una estación que esconde un cementerio en sus andenes.

LO QUE SABEMOS

La relación entre lo terrorífico y la estación comenzó hace ya más de un siglo, cuando Madrid planeaba la apertura de una nueva boca de metro en la plaza Tirso de Molina. Para ello se debía derribar el Convento de la Merced que ocupaba el lugar, un precioso edificio de piedra blanca con un frontón espectacular.

Pero las consideraciones prácticas se impusieron a las estéticas y, en 1920, la Administración liderada por el alcalde de Madrid Luis Garrido Juaristi demolió el Convento de la Merced para comenzar las obras.

La sorpresa se produjo cuando los albañiles encargados de la Línea 1 se encontraron con centenares de cadáveres: calaveras, joyas, restos óseos e incluso esqueletos completos. Según los testimonios de la época, parecía que cada vez que empezaban a cavar salía un nuevo cuerpo. Muchos llegaron a creer que esa estación de metro estaba maldita porque se erigía sobre los restos de un edificio sagrado.

Tras una pequeña investigación, se descubrió que los monjes que habitaban el Convento de la Merced habían utilizado ese terreno como cementerio para los frailes que habían ido muriendo desde el año 1834. De ahí que los terrenos estuvieran plagados de cuerpos. La pregunta entonces estaba clara: ¿Qué hacer con los cadáveres?

La solución a este dilema fue la más macabra, terrorífica y chapucera que se pueda llegar a imaginar.

Los responsables del proyecto y los obreros decidieron depositar los cadáveres de estos pobres frailes en los andenes, separados del mundo de los vivos únicamente por las losas del suelo y los preciosos azulejos que caracterizan esta estación. Y allí siguen hoy, descansando bajo los millones de pies que pisan la estación a diario. Así lo explicó para Telemadrid —el canal de televisión local— Luis María González, responsable de Andén 0, nombre bajo el que se engloban los museos que recogen los secretos escondidos en el metro de Madrid:

> Uno de los derrumbamientos de las obras de 1920 desveló una galería en la estación de Tirso de Molina: aparecieron doscientos nichos y, en el suelo, rosas e inscripciones en latín muy deterioradas. Los restos encontrados en la tierra se llevaron a la ribera del Manzanares, pero los nichos, que se encontraban en buen estado, se trasladaron a otra galería en la misma estación. Ahí siguen hoy en día.

LO QUE SE CUENTA

Dicen que el sacrilegio de haber derribado un edificio religioso impide que las almas de todos esos frailes que descansan en las paredes de la estación de Tirso de Molina encuentren el descanso eterno. Dicen que los gritos desgarradores de estos monjes resuenan por toda la estación al llegar la medianoche, que sus lamentos se escuchan cuando los andenes están menos transitados.

Algunos usuarios de metro aseguran que, tras bajar las escaleras y llegar al andén, tienen la sensación de que está abarrotado de gente esperando el metro. Pero luego, al volverse a mirar a su alrededor, se dan cuenta de que en realidad están completamente solos.

Otros, sobre todo quienes cogen esos últimos trenes que pasan poco antes de las dos de la madrugada, cuentan incluso que se han encontrado con la figura espectral de un monje encapuchado —unos dicen que con una túnica marrón, otros que con una túnica blanca— que parece no tocar el suelo. Ese pobre fraile suplica por su alma, llora y se lamenta porque se ha quedado atrapado entre las paredes de la estación de metro.

LA LEYENDA

Pero las energías paranormales del lugar son tantas que algunas historias suceden a plena luz del día. La más conocida de todas es la de una joven «bien pintá», una chica muy bien vestida y maquillada que en los años 50 tomó el metro en esa estación.

A esas horas tan tempranas de la mañana el vagón solía ir casi vacío, pero no esa vez. Justo en los asientos que la joven tenía delante había tres personas: dos hombres muy extraños y una mujer desaliñada y de pelo oscuro que la miraba fijamente a los ojos, sin ni siquiera parpadear. La mujer parecía acongojada, casi encogida en medio de esos dos hombres corpulentos y vestidos de negro. La joven sintió un escalofrío que le recorría el cuerpo. Algo en esa situación no le daba buena espina, aunque no pudiera explicar qué era exactamente.

La joven sintió la mirada de esa desgraciada mujer durante casi todo el trayecto entre la estación de Tirso de Molina y la siguiente. Entonces una mujer algo mayor de expresión amable y ojos claros entró en el vagón y se sentó justo a su lado.

Con los ojos entrecerrados y la cabeza ladeada, la recién llegada observó durante unos segundos a la asustada mujer de enfrente, que seguía encogida con cara de miedo en su asiento, atrapada entre las manazas de aquellos dos hombres que la tenían sujeta por los hombros. La joven no sabía muy bien por qué, pero aquella situación le parecía extraña y perturbadora. Era como si algo no estuviera en su sitio.

Fue entonces cuando la mujer mayor le susurró al oído a la joven:

—No te muevas, no hables, no la mires a la cara y bájate conmigo en la siguiente parada.

La joven asintió casi imperceptiblemente. Hacía rato que se le había erizado el vello y que se le habían encendido todas las alarmas. El alivio la inundó cuando llegó la siguiente parada y pudo bajar del metro. Era como si pudiera volver a respirar de nuevo. Antes de perder el tren completamente de vista, ambas echaron una última mirada a la extraña mujer de pelo negro, que había girado la cabeza y no les quitaba los ojos de encima desde el vagón. Un escalofrío recorrió a la joven.

Seguía preguntándose qué era lo que había pasado en aquel metro, por qué había sentido ese miedo tan repentino, por qué se había bajado de allí con una completa desconocida. ¿Y si esa joven desaliñada no era más que una mujer en apuros? Sin embargo, todas sus dudas se despejaron cuando la mujer le puso una mano sobre el hombro con gesto dulce y le susurró:

—Siento haberte asustado, pero soy médium. Me he dado cuenta de que la mujer que teníamos enfrente estaba muerta y que esos dos hombres no solo la acompañaban, sino que la sujetaban para que no escapase. La estaban trasladando al más allá, al infierno.

Y, sin más, se marchó dejando a la joven con un sabor amargo en la boca y un susto terrible en el cuerpo.

LA CURIOSIDAD

Según confirma González, esta estación se conserva siempre a una temperatura más baja que el resto de las estaciones de la red de Metro debido al cementerio que se encuentra bajo sus andenes.

EL HOMBRE DEL SACO
QUE NUNCA FUE LEYENDA

«Duérmete ya, que viene el coco y te comerá» o «Pórtate bien
o vendrá el hombre del saco». A lo largo de la historia, han sido
algunas de las frases que padres y madres han utilizado para advertir
de posibles peligros a sus hijos cuando son muy pequeños. Lo que
esos padres no saben es que ese monstruo al que nombran no es
ninguna leyenda. El hombre del saco existió realmente en la Almería
de principios del siglo XX y cometió un crimen tan deplorable que,
aún, se sigue utilizando su historia para amedrentar a los críos:
el crimen de Gádor.

Año 1910. España entra en un nuevo siglo, bajo el reinado de Alfonso XIII
y con José Canalejas como líder del Gobierno. Es un momento de grandes avances: las mejoras en la higiene y la medicina producen una drástica disminución de la mortalidad, el impulso en la educación redunda
en una mayor alfabetización y la aparición de medios como la radio
supone un mayor acceso a la cultura. Incluso surge una clase media formada por comerciantes y funcionarios que vive de forma digna.

Pero, por supuesto, estas mejoras no llegan más que a unos pocos.
La mayoría de la población sigue perteneciendo a clases muy bajas. En
el campo, los agricultores —la mayoría jornaleros que trabajan de sol a
sol, por un sueldo mísero— viven en condiciones casi feudales.

Aquellos que huyen del campo para encontrar un futuro mejor en
las ciudades se encuentran con una auténtica distopía. Los obreros se
agolpan en barrios de chabolas o barracas con pésimas condiciones higiénicas, rodeados por el humo y el polvo de las fábricas cercanas. Muchas de esas barracas no tienen agua ni electricidad. Sus derechos labo-
rales son nulos: trabajan en las factorías durante catorce o dieciséis

horas, en condiciones infrahumanas. La explotación, el trabajo infantil y los salarios ínfimos están a la orden del día.

Mientras las clases altas viven uno de sus momentos de mayor esplendor y se divierten en los toros o en la zarzuela, las clases más bajas se organizan en grupos anarquistas o marxistas para conseguir mejores derechos, aunque la principal preocupación de la mayoría de ellos es poner un plato en la mesa todos los días.

LA SALUD ANTES QUE DIOS

En esas condiciones de pobreza extrema se encontraba Gádor, un pequeño pueblo de Almería de unos 800 habitantes. Allí, un lugar en el que sobraba la miseria y faltaban las oportunidades para ganarse el pan, la tradición y la curandería pesaban mucho más que la higiene y la medicina.

Lo sabía muy bien Francisco Ortega, «El Moruno», un agricultor del pueblo que pasados los cincuenta años había contraído una tuberculosis que le estaba carcomiendo los pulmones.

Por ello, decidió recurrir a Agustina Rodríguez, la curandera del pueblo, y a Francisco Leona, un barbero con mala fama que se las daba de entendido en medicina. La anciana usó todos sus brebajes y cataplasmas, pero nada parecía funcionar con el Moruno. Entonces, tal y como cuenta el diario *ABC*, Leona le dio una solución «infalible»:

—Con que beba la sangre caliente de un niño y con que se ponga después las mantecas del propio niño sobre la tapa del pecho, ya está curado.

Y por tres mil reales, una pequeña fortuna en la época, el barbero se ofreció a conseguirle un niño. Ortega se negó en un principio, alegando que la ira de Dios caería sobre todos ellos, pero tras pensarlo unos minutos y convencerse de que era su última esperanza, aceptó.

—La salud antes que Dios —gritó.

MISERIA HUMANA

Todo estaba planeado para el 28 de junio. Agustina había convencido a su hijo José Hernandez para participar en el crimen y le había ofrecido diez duros a su otro hijo, Julio, apodado «el Tonto», para que les ayudara. Habían elegido como víctima a Bernardo González Parra, un niño sano y robusto de siete años que vivía de forma aún más humilde que ellos, en una de las cuevas de La Rioja, un pueblo cercano a Gádor. Su familia, que no podía permitirse una casa, vivía en las montañas cercanas al pueblo y se ganaba la vida con la labranza, muchas veces con la ayuda del pequeño Bernardo.

Por eso, cuando esa tarde Leona y Julio, provistos de un saco grande, invitaron al niño a ir con ellos a recoger brevas y albaricoques, Bernardo aceptó sin dudar, pensando en que esa noche tendría una rica cena. Pero los dos hombres no tardaron en coger al niño y meterlo cabeza abajo en el saco.

Ya entrada la noche, Julio y Leona llegaron al cortijo de la curandera. Allí los esperaban Agustina y Ortega, que ya lo tenían todo preparado: dos mesas que harían de camilla y una olla de porcelana.

Tras golpear la cabeza del niño para evitar que gritara, lo tumbaron y ataron en la improvisada camilla:

Entre Julio, su hermano José y su infame madre Agustina sujetaron a la desdichada criatura en tanto que el miserable verdugo, el monstruoso Leona, provisto de una navaja de hoja y filo finísimos, abrió una ancha herida en la parte alta del costado, cortándole las arterias que afluyen al corazón.

ABC,
junio de 1910

Mientras tanto, el Moruno sostenía la olla en la que iba recogiendo toda la sangre de Bernardo. Solo tuvo que añadir un poco de azúcar antes de bebérsela allí mismo.

—La salud antes que Dios, la salud antes que Dios —repetía el hombre una y otra vez mientras bebía.

Después de acabarse tres cuencos enteros, el pequeño Bernardo, aún sobre la camilla, estaba ya lívido. Leona acabó con su vida de forma rápida. Le extrajo las vísceras, las puso en un paño y se las colocó al Moruno sobre el pecho.

Ortega se aplicó la supuesta cataplasma y, poco después, se levantó rápidamente y corrió por toda la casa diciendo que se encontraba bien, que se había curado y que tenía la vitalidad de un niño. Ya solo quedaba deshacerse de la evidencia: el cuerpo de Bernardo.

Julio y el barbero volvieron a meter al pequeño en el inmenso saco y, protegidos por la oscuridad de la noche, lo llevaron hasta el barranco del Jalbo. Allí destrozaron la cara del pequeño a golpes para dificultar su reconocimiento y lo enterraron.

POR DIEZ MONEDAS DE PLATA

Tan solo unos días después, el barbero y la curandera recibieron los tres mil reales que el Moruno había prometido. Pero dejaron un cabo suelto: se negaron a compartir ese dinero con Julio y no le pagaron sus 10 duros.

Con lo que no contaban los autores intelectuales del plan era con que Julio, al que consideraban un pusilánime, se lo confesara todo a la Guardia Civil para vengarse de ellos. Así, los agentes descubrieron uno de los más oscuros crímenes de España y detuvieron a sus cinco responsables: Agustina Rodríguez la Curandera, Francisco Ortega el Moruno, Julio Hernández el Tonto, José Hernandez y Francisco Leona, al que desde ese momento se conocería como «el Sacamantecas».

El juicio se celebró el otoño de 1911 ante un jurado popular en la Audiencia Provincial de Almería. Pese a su participación clave, Francisco Leona no estuvo en el juicio ya que, como refleja la sentencia del 1 de diciembre de 1911 de dicho órgano, el Sacamantecas murió en la cárcel en el mes de febrero. Para salvar el pellejo, sus propios cómplices lo habían envenenado por miedo a que confesara los otros crímenes que habían cometido juntos.

Tal y como marcaba el Código Penal de 1870, José fue condenado a diecisiete años de prisión y para Julio, Agustina y el Moruno se decretó la pena máxima: muerte en el garrote vil.

Este fue el método más común de ejecución en España durante los siglos XIX y XX y consistía en un collar de hierro atravesado por un tornillo de metal que se ponía en el cuello del condenado. Al apretar ese instrumento, se producía la rotura de la zona cervical de la columna y la muerte casi inmediata. Aunque, dependiendo de la fuerza del verdugo, la tortura se podía alargar hasta treinta minutos.

Finalmente, gracias a su confesión, Julio Hernández recibió un indulto parcial del rey y pudo conmutar su pena de muerte por cadena perpetua, por lo que solo el Moruno y la curandera se enfrentaron al garrote.

LA CURIOSIDAD

La idea de que beber sangre humana era beneficioso para la salud ha sido más común de lo que pueda parecer lo largo de la historia. Desde el siglo XV y hasta casi el XIX se creía que la sangre de personas jóvenes podía curar a un moribundo, proporcionar la eterna juventud, curar enfermedades mentales, infundir energía e incluso curar la epilepsia. De hecho, en ciertos países de Europa se llegó a recoger la sangre de los presos ejecutados para algunos de estos fines.

«ESCONDE LA MANO QUE VIENE LA VIEJA»

Un misterioso crimen, una agente doble, nazis, extraterrestres
y magia negra. Todo esto es lo que esconde la cancioncilla
infantil conocida en toda España:

¿En qué calleja?
En la moraleja.
Esconde la mano que viene la vieja.

LA MATA HARI ESPAÑOLA

Margarita Ruiz de Lihory, marquesa de Villasante, nació en 1889 —aunque
ella nunca quiso confirmar su fecha de nacimiento—, en una familia no-
ble y de tradición política. Su padre, José María Ruiz de Lihory, alcalde
de Valencia, dio a su hija una completísima educación en geopolítica,
cultura e incluso en ocultismo.

Quizá por eso la marquesa de Villasante no fue una mujer corriente:
estudió Derecho en Francia, fue activista de los derechos de la mujer,
practicó tiro al blanco y reconocía abiertamente que era liberal en el terreno sexual. De hecho, se le atribuyen amantes tales como Miguel Primo
de Rivera, Manuel Aznar, el cardenal Benlloch o Henry Ford.

En 1910 se casó con Ricardo Shelly, con quien tuvo cuatro hijos; José
María, Juan, Margot y Luis. Pero la vida de casada no era para ella, así
que huyó a Marruecos con un trabajo de corresponsal de prensa en la
guerra del Rif, que enfrentaba a España y Francia contra Marruecos.

Allí entró en contacto con otras religiones y con los ritos místicos de los bereberes, y se imbuyó de lo esotérico. «Hizo prácticas de magia de tipo necrófilo que luego siguió practicando en España», asegura la periodista y escritora Rosa Villada.

Gracias a sus conexiones con el ejército español y a la seducción de un militar rifeño pudo actuar como agente doble, sacando partido a su antojo de ambos bandos. Su trabajo, sin embargo, fue tan discreto que al regresar a España la condecoraron por su valor. Es más, se ganó el dudoso privilegio de tutear a Francisco Franco Bahamonde, amigo personal y, a partir de 1939, dictador de España. Con estas amistades y las fiestas y orgías que organizaba en su casa, Lihory se convirtió en una pieza fundamental para el bando franquista durante la Guerra Civil.

Volvió a casarse con el abogado Josep Maria Bassols, que lo dejó todo para vivir con ella en sus palacetes de Madrid y Albacete.

FEÚCHA, PASILARGA Y DISTRAÍDA

De entre sus cuatro hijos, Margarita sentía predilección por la tercera, Margot Shelly. Decía que no había encontrado marido porque era «feúcha, pasilarga y distraída»; pero en Albacete la conocían por su bondad. Mientras que Margarita era excéntrica y liberal, Margot era recatada y religiosa, pero se complementaban bien.

Por eso, cuando Margot comenzó a sufrir una rara enfermedad, que actualmente se identifica como leucemia, Margarita se dedicó en cuerpo y alma a cuidar a su hija en su casa de la calle Princesa de Madrid.

La tragedia ocurrió el 19 de enero de 1954, cuando toda la familia estaba reunida. El último en llegar a la casa fue Luis, que encontró a su hermana ya en cama y a su madre, a su lado: «Mira Luis lo que queda de tu pobre hermana», le dijo.

Me causó una impresión muy desagradable que cuando a mi hermana se le cerraban los ojos, mi madre se los abría con las manos diciendo que de esta manera le daba la impresión de que todavía la estaba mirando.

Acta de declaración
de Luis Shelly Ruiz de Lihory,
2 de febrero de 1954

Una hora después Margot Shelly Ruiz de Lihory falleció. Y desde ese momento Margarita y Bassols se encerraron junto a ella en la habitación. Solo salieron de allí para acompañar el féretro de su hija al cementerio. Ninguno de sus hermanos pudo ver el cuerpo ni el ataúd de Margot, por orden expresa de su madre.

Por eso, el mismo día en que el cadáver salió de su casa camino del camposanto, Luis registró la habitación de su hermana. Allí encontró cuchillos, garrafas de alcohol, algodón... las herramientas que su madre utilizaba para diseccionar y disecar a sus perros. Sin dudarlo, Luis denunció ante la policía que su madre podría haber cometido una barbaridad con el cadáver de Margot.

LA MANO CORTADA

El registro fue fácil, pues Margarita guio a los agentes por toda la casa.

> En el dormitorio de doña Margarita se hallan, tapados con varios bolsos de señora, un hacha de carnicero y una vasija que contiene, como puede comprobarse por la transparencia de su parte superior, una mano derecha de mujer, seccionada por la muñeca.
>
> Acta de Entrada y Registro,
> redactada por la Brigada de Investigación Criminal,
> 21 de febrero de 1954

Inmediatamente después de que se encontrara la mano, Margarita se desvaneció en brazos de Bassols. «Esto ha sido el canalla de Luis, que la ha puesto ahí para hacernos chantaje», se lamentó la marquesa.

El 4 de febrero, el juez ordenó la exhumación del cuerpo de Margot para realizarle una autopsia cuyas conclusiones serían aún más macabras que las del registro.

> El cabello estaba cortado en mechones a tijeretazos. Las cuencas orbitarias estaban llenas de algodones que olían a alcohol y, al extraerlos, se encontraron vacías, sin globos oculares. La lengua había sido seccionada con un instrumento que dejó limpia la superficie de corte. El antebrazo derecho está amputado a nivel del tercio inferior y la superfi-

cie de amputación está cubierta por una gasa sujeta con un esparadrapo. Las superficies de amputación carecen de reacción vital, prueba de que ha sido causada después de la muerte.

Informe de la autopsia,
realizada por los doctores Velázquez Amezaga
y Eduardo Blanco García

La autopsia confirmó que Margot había muerto de forma natural y que todas estas mutilaciones tuvieron lugar después del fallecimiento. Finalmente, Margarita Ruiz de Lihory y Josep Maria Bassols fueron declarados culpables de la profanación del cadáver.

Se declaró probado que la procesada, horas antes de efectuarse el entierro de su hija, y en unión del otro procesado, mutiló el cadáver separando del mismo la mano derecha, extirpándole los ojos y cortándole el tercio anterior de la lengua para guardar todo ello en recipientes de su domicilio.

Sentencia de Margarita Ruiz de Lihory,
16 de mayo de 1964

Sin embargo, al ser dos personas fuertemente protegidas por el régimen, solo se les condenó a seis meses de arresto domiciliario y a pagar una multa de siete mil pesetas.

«Era una santa y quise conservar partes de su cuerpo como reliquias. ¿Acaso los católicos no veneran la lengua de san Antonio en Padua, el brazo de san Vicente Ferrer o el brazo de santa Teresa?», fue el argumento con el que Ruiz de Lihory justificó su crimen. Pero, hoy en día, sus explicaciones siguen generando muchas dudas.

MAGIA NEGRA, NAZIS Y EXTRATERRESTRES

Gracias al periódico *El Caso*, el crimen de la mano cortada llegó a toda España y se especuló mucho sobre los verdaderos motivos que habían llevado a la marquesa a mutilar el cuerpo de su hija. La rumorología culpó primero a un ritual de magia negra que habría aprendido en el Rif.

Más tarde se descubrió que entre 1952 y 1954 residieron en el palacete que la marquesa tenía en Albacete dos hombres con pasaporte falso: «Después de anochecer, veíamos salir de la casa a aquellos hombres totalmente vestidos de negro y con la cara semioculta, con bufandas y sombreros negros», contó un vecino de la marquesa a la prensa local.

Debido a las fuertes conexiones de Lihory con el nazismo alemán, pronto se especuló que estos hombres eran en realidad médicos nazis que habían huido de Alemania y que, acogidos por la marquesa, aprovechaban para hacer todo tipo de experimentos con su hija.

Más tarde, se rumoreó que estos hombres venían de más lejos: del espacio. En 1969, el sacerdote y ufólogo Enrique López Guerrero, de Sevilla, recibió una carta supuestamente dictada por los habitantes del planeta Ummo, que confesaban haberse alojado en casa de la Marquesa.

Nuestra residencia en España fue Albacete. Una dama amante de los animales prestó asilo a mis dos hermanos, que pudieron realizar las primeras experiencias psicofisiológicas con mamíferos en la Tierra.

Carta recibida por Enrique López Guerrero,
1969

En otra misiva dos años después, estos seres confesaban que un virus alienígena había escapado de su control y había infectado a Margot.

Hasta seis focos víricos se localizaron en el cuerpo de la enferma, presentando la dificultad inherente a su localización. Las zonas afectadas se localizaban en globos oculares, tejido epitelial de la lengua y dermis de la palma.

Carta recibida por Enrique López Guerrero,
1971

EL RECUERDO POPULAR

Fuese como fuese, el juzgado cerró el caso y las teorías populares quedaron como meras leyendas. Pero, por las calles de Madrid, los niños comenzaron a cantar una cancioncilla que perdura aún hoy.

En la calle de la Princesa,
vive una vieja marquesa con su hija Margot,
a quien la mano cortó.
Moraleja, moraleja,
esconde la mano que viene la vieja.

ANIMALES

En su casa de la calle de la Princesa convivía con, al menos, diecisiete perros, tres gatos, doce canarios y dos tórtolas. Disecaba a sus animales cuando morían para seguir teniéndolos cerca.

EL HOMBRE DEL SOMBRERO

Es una entidad perfectamente reconocible: alargada, con el rostro oscuro y poco definido, coronada por un sombrero de copa y cubierta con una gabardina o una capa negra. Se trata de uno de los seres más conocidos y temidos en el mundo, cuya leyenda ha llegado a España con fuerza.

El Hombre del Sombrero es un ente universal. En España lo conocemos por ese nombre, en los países angloparlantes es *Hat Man*; en Mongolia lo llaman *Khar darakh* o *Kara darahu*, que se traduce por «ser oprimido por el negro» o «cuando el oscuro presiona»; en Finlandia es el *Unihalvaus*, y, en Hungría, *Lidércnyomás*, por citar algunos ejemplos.

Pese a esta universalidad, el origen de esta leyenda puede rastrearse perfectamente. Todo comenzó el 12 de abril de 2001, cuando Art Bell, el presentador del programa estadounidense de radio *Coast to Coast AM*, animó a los oyentes a enviar a la emisora dibujos de los seres sobrenaturales con los que se hubieran topado.

Miles de oyentes respondieron a esa petición con sus ilustraciones y el presentador se dio cuenta de algo: había varias figuras, como la del Hombre del Sombrero, que se repetían en dibujos que llegaban de diferentes partes de Estados Unidos, hechos por personas que no tenían ninguna relación entre sí.

Algunos lo representaban completamente negro, otros le dibujaban ojos de color naranja o rojo y algunos dibujaban sus rasgos al detalle, pero en esencia se trataba de la misma figura: un hombre envuelto en la más espesa oscuridad, coronado por un sombrero.

LA GENTE DE LAS SOMBRAS

Pero ¿qué es el Hombre del Sombrero? La investigadora Heidi Hollis, en su libro *The Hat Man: The True Story of Evil Encounters,* fue la primera en clasificar a este y otros entes, que al parecer muchas personas veían de manera recurrente, como *shadow people* o gente de las sombras. En algunas zonas del sudeste asiático, sin embargo, ya llevaban siglos denominándolos personas oscuras o gente de lo oscuro.

En su estudio, Hollis clasifica a la gente de las sombras en cinco categorías:

1. Las sombras amorfas o vaporosas, que no llegan a ser físicas ni a adoptar una forma definida.
2. Sombras humanoides sin rasgos diferenciados.
3. Un ente cubierto por una capucha o un hábito, al que se conoce como el Encapuchado o el Monje.
4. Seres de sombras con los ojos rojos.
5. El Hombre del Sombrero, que constituye una categoría por sí mismo.

La principal teoría sobre esta gente de las sombras es que son visitantes de otras dimensiones, por eso siempre adoptan la misma forma. No es el caso de los fantasmas o los espíritus, que tienen características físicas diferentes porque representan a distintas personas vivas. En el caso del Hombre del Sombrero, se le asocia también con un ente demoníaco porque quienes lo han visto lo definen como «el mal en estado puro».

El Hombre del Sombrero aparece siempre cuando las defensas psíquicas y emocionales de las personas están más bajas. Por ejemplo, en el momento antes del sueño o cuando despertamos en plena noche. Por eso muchas veces se le confunde con un visitante nocturno, uno de los entes que se aparecen a quienes sufren parálisis del sueño.

Fue en ese momento entre el sueño y la vigilia cuando Aarón, un joven de Madrid, tuvo su encuentro:

La primera vez que lo vi tenía siete u ocho años. Me desperté en plena noche y miré hacia la puerta de mi habitación. Allí había un «hombre» de una estatura considerablemente superior a la media. Llevaba una especie de túnica que le llegaba hasta los pies y un inconfundible sombrero, algo que me extrañó porque en mi casa nadie utiliza sombrero. Lo más perturbador era que en la noche cerrada no había ninguna fuente de luz, pero ese «hombre» era más negro que la propia noche. Sabía que me observaba fijamente y que me miraba a los ojos, a pesar de que en ningún momento le llegué a ver el rostro. Al cabo de un minuto, el ser se dio media vuelta sin más y bajó las escaleras.

Sin embargo, a diferencia de los visitantes nocturnos, el Hombre del Sombrero se aparece también a plena luz del día ante personas completamente despiertas. Sucede siempre en los «momentos de alta vibración» que son los que se caracterizan por estrés, ansiedad, enfermedades físicas o psicológicas, peleas, ira...

Eso fue lo que le pasó a Rocío, una joven de un pueblecito cercano a Granada, que tuvo un terrorífico encuentro con el Hombre del Sombrero

a los once años. Por aquel entonces vivía junto a su madre en casa de su abuela porque a la anciana la habían operado de las piernas y necesitaba que la acompañasen en los paseos que formaban parte de su rehabilitación. Precisamente, en una de esas ocasiones en que su madre y su abuela habían salido a caminar, Rocío se quedó jugando en el patio de la casa.

Mientras estaba en el patio, giré la cabeza y miré hacia dentro de la casa. En un sillón de una plaza vi a un hombre de perfil: llevaba una túnica o una capa y también un sombrero, todo negro. No me miraba, pero recuerdo que tenía el rostro de un tono grisáceo; era como si estuviera viendo una figura en blanco y negro. Pensando que era producto de mi imaginación, me acerqué un poco a la puerta y comprobé que, aunque lo mirara desde diferentes ángulos, seguía viéndolo. Al principio me quedé paralizada, pero luego decidí ir al sillón. Lo más extraño era que cada vez que me acercaba, el ente desaparecía completamente. Tocaba el sofá y estaba vacío, pero al alejarme esa cosa oscura volvía a aparecer. Lo hice varias veces hasta que decidí volver al patio sin dejar de mirar el sillón, observando por si el hombre de sombrero de copa volvía a aparecer. Sin embargo, en cuanto giré la cabeza ahí estaba, en el patio, delante de mí. Sentí tanto miedo que decidí esperar a mi abuela en la calle.

PARÁSITOS ENERGÉTICOS

Se dice que el objetivo de esta entidad sería robar la energía de los humanos. El Hombre del Sombrero necesitaría alimentarse de la energía humana para poder continuar su existencia interdimensional, por lo que acosa a los humanos constantemente para seguir existiendo.

La base de esta creencia es que muchas de las personas que ven al Hombre del Sombrero acaban exhaustas e incluso con problemas de salud: inmunodepresión, herpes labiales, constipados o problemas de salud mental, entre otros. Este es el testimonio, recogido por *Terrores Nocturnos*, de una de las personas que ha sufrido las consecuencias de encontrarse con el Hombre del Sombrero y que prefiere mantenerse en el anonimato.

Soy una persona sensible, por lo que estoy acostumbrado a encontrarme con presencias, pero esta era diferente, no me gustaba nada. Se presentó ante mí durante dos semanas seguidas. En todo ese tiempo, no pude pegar ojo porque se plantaba delante la puerta de mi habitación y ahí se quedaba: no llegaba a entrar, o eso creo, porque lo observaba todo el rato. Pero me sentía cansado, agobiado, sin ganas de nada, con los ánimos por los suelos... Incluso mi novia estaba asustada porque me veía pálido, irascible y enfermizo.

¿CÓMO ENFRENTARSE A UNA SOMBRA?

La leyenda cuenta que lo mejor para eludir los encuentros con el Hombre del Sombrero es evitar los «momentos de alta vibración». La página *Shadowpeople.org,* la más grande del mundo sobre este tema, recomienda el deporte, meditar o rezar. Aunque, señalan, nada de eso asegura que el Hombre del Sombrero no se acabe apareciendo, solo rebaja las posibilidades de que ocurra. En el caso de que llegue a pasar, poco se puede hacer contra esta presencia que parasita la energía humana. Algunos recomiendan respirar hondo, bajar las pulsaciones y pedir de forma clara a la figura que se vaya; los más religiosos aconsejan rezar. Pero nada garantiza que deje de acosarte.

LA CURIOSIDAD

La leyenda y figura del Hombre del Sombrero ha servido como inspiración para decenas de películas de miedo. Entre ellas, *The Shadow Man, The Shadow People, Babadook,* e incluso Freddy Krueger que fue, quizá, uno de los primeros *Hat Man* del cine.

EL VÓRTICE DEL TIEMPO DE TENERIFE

El Barranco de Badajoz abre la tierra de Tenerife como si se tratara de una herida en la superficie de la isla. Con infinitas galerías y cubierto de verdor, ahora es un lugar frecuentado por excursionistas y senderistas. Pero los dueños del sitio son realmente los etéreos seres blancos que gobiernan el barranco.

LA LEYENDA

La leyenda comienza con el relato de dos mineros que trabajaron en el barranco en el año 1912. Una mañana de duro trabajo, la pared de la galería en la que estaban picando en busca de agua se derrumbó. Por suerte, los cascotes no los alcanzaron, pero ante ellos quedó una visión aterradora.

Tres seres de forma humanoide, vestidos con ropas tan blancas que casi resplandecían en la oscuridad de aquellos túneles, los miraban fijamente. Según cuentan algunas lenguas, estos entes indicaron a los mineros dónde podrían encontrar agua. Según dicen otras, sin embargo, los hombres quedaron tan aterrorizados que huyeron sin mediar palabra.

Lo que nadie pone en duda es la existencia de esos entes blancos, porque los mineros no fueron los únicos que los vieron.

Aunque esta historia salió a la luz allá por el año 1920, para narrarla tenemos que remontarnos veinte años atrás, concretamente al día en que una niña salió hacia el barranco en busca de peras. Sus padres la habían mandado a recoger la fruta con urgencia, pero entre el calorcito y el silencio del bosque, la pequeña se quedó dormida a los pies de un peral.

Apenas una hora después, un ser blanco y espigado la despertó con sus dulces palabras y le pidió que lo acompañara a una de las cuevas del barranco para seguir hablando. Y la niña, sin sentir ningún miedo, lo siguió.

En esa cavidad estuvieron hablando y riendo durante horas, hasta que la niña recordó que tenía que irse. El amigable ser la acompañó entonces a la entrada de la cueva y se despidió de ella con la mano.

La niña caminó por el barranco hasta llegar a su casa y llamó alegremente a la puerta. Su sorpresa llegó cuando se dio cuenta de que la cara de sus padres, que la miraban atónitos, estaba surcada de arrugas. ¿Cómo habían envejecido tanto?

Sus padres le explicaron que ella había desaparecido el mismo día en que había salido a buscar peras. La habían buscado durante meses, sin resultado. Era como si se la hubiera tragado la tierra durante los últimos veinte años. Y la niña lo comprendió: había pasado las últimas dos décadas en aquella cueva, aunque para ella solo hubieran transcurrido unas horas.

EN LA ACTUALIDAD

Desde ese momento, el Barranco de Badajoz no ha dejado de esconder misterios. Incluso los nazis, obsesionados con la búsqueda del origen de la raza aria y con todos los fenómenos paranormales, llegaron
a investigar el Barranco de Badajoz. Según confirma Javier Martínez-Pinna, en su libro *Los orígenes del Tercer Reich*, la Ahnenerbe, la
división del ejército nazi centrada en encontrar objetos mitológicos o
religiosos como el santo grial o la lanza de Longinos, hizo varias expediciones hasta el barranco en busca de misterios y tesoros.

En la actualidad, son muchos los que aseguran que al entrar en las
galerías se escuchan los murmullos de una niña, las risas de hombres y
mujeres e incluso una música que hace pensar en hadas. En 1990, el fotógrafo Teyo Bermejo llegó a sacar una instantánea de un extraño ser
alado que encontró explorando el barranco. Nadie ha podido demostrar
jamás que esa fotografía fuera fraudulenta.

Y es que, sin duda, la década de los noventa fue el momento cumbre
de los fenómenos sobrenaturales en el barranco. Una inmensa oleada de personas aseguró que si se miraba al mar desde el barranco se
podía observar una isla hecha de cristal de la que despegaban ovnis. Y
hubo tantos testimonios que incluso llegó a ser noticia en algunos programas de televisión de la época.

EL APUNTE

Muchos relacionan estas figuras blancas con hadas ya que, según el folclore, en el mundo feérico el tiempo no transcurre como en el humano. Incluso
hay fotografías del lugar que muestran seres alados.

RECUERDOS DEL PASADO
SEGUNDA PARTE

CADA RINCÓN DE ESPAÑA ALBERGA CIENTOS DE HISTORIAS, RESQUICIOS DEL PASADO QUE HAN QUEDADO ANCLADOS A UN LUGAR EN FORMA DE ENERGÍA. SON SITIOS DONDE LAS ENTIDADES CAMPAN A SUS ANCHAS, LUGARES QUE SENCILLAMENTE PODRÍAMOS CALIFICAR COMO «ENCANTADOS» Y QUE CUALQUIERA PUEDE VISITAR. DE AHÍ QUE NUMEROSOS CURIOSOS HAYAN PRESENCIADO COSAS INEXPLICABLES, EXPERIENCIAS TAN ÚNICAS QUE EN ESTE LIBRO NO PODÍAN FALTAR. NOSOTRAS CONTAMOS LOS HECHOS. TÚ PUEDES ELEGIR SI CREER O NO.

LA CALLE MÁS MACABRA DE MADRID

Hay pocos lugares en España que alberguen tanto terror por metro cuadrado como la calle Antonio Grilo de Madrid. Tras el asesinato de un sacerdote asfixiado entre los barrotes de su balcón, las muertes violentas no han parado de sucederse: un niño descuartizado, un hombre asesinado a martillazos, la masacre de toda una familia. Tantos han sido los crímenes que aún hoy se rumorea si el espíritu de ese sacerdote empuja a los vecinos a cometerlos.

En el siglo XIX esta calle, conocida como la de las Beatas por el convento que alojaba, estaba en plena ebullición: se había llenado de negocios como fábricas, sastrerías, mercados, bares o lupanares.

No obstante, la zona no tenía buena fama: eran pocos los que se atrevían a caminar por allí de noche y los robos y otros delitos menores se sucedían semana tras semana. Pero no fue hasta 1874 cuando la mala reputación de la calle tomó un cariz macabro.

UN SACERDOTE ASFIXIADO ENTRE LOS BARROTES DE SU PROPIO BALCÓN

El 25 de julio de ese año, los vecinos pudieron ver a un joven sacerdote en su traje seglar que se aferraba a los barrotes de su balcón. El hombre pedía auxilio a gritos mientras forcejeaba con dos individuos que trataban de estrangularlo. Se trataba de Isidro Ceca, capellán del duque de Medina-Sidonia, implicado en las intrigas políticas de la época.

Los corrillos de vecinos del barrio no tardaron en empezar a comentar que un crimen contra un religioso no podía quedar impune ante los ojos de Dios. Para muchos, desde ese momento la calle estaba maldita y para otros el espíritu del sacerdote nunca descansaría en paz hasta encontrar venganza.

Tanto se extendió la leyenda de esta maldición, que se rumorea que en 1899 las autoridades cambiaron el nombre de la calle por el de Antonio Grilo para alejar el mal fario.

UN NIÑO MARTIRIZADO POR SUS PADRES

Sucedió en el número 12, en 1901. En el último piso del edificio vivía una familia con cinco hijos, aunque uno parecía no salir nunca a la calle, o al menos eso creían los vecinos. Pero fue Manuela Fernández Montero, la mujer que vivía en la casa de al lado, la que acabó alertando a la policía. Ella juraba escuchar gritos y llantos provenientes de la buhardilla y sospechaba que los padres estaban martirizando a su hijo de dieciséis años.

Pese a las advertencias de Manuela, la policía no estaba preparada para lo que vio en ese ático. El pobre niño, llamado Agustín, se encontraba en el desván rodeado de suciedad y ratas, completamente a oscuras y en un estado lamentable: no pesaba más de dieciocho kilos. Sus padres lo habían encerrado allí prácticamente sin comida ni posibilidad de asearse durante los últimos años, por lo que fueron detenidos.

UNA CABEZA HUMANA

Nos situamos en la calle San Cipriano, en el Madrid de 1926. Varias mujeres ataviadas con sus mandiles se congregaron en círculo alrededor de la cabeza de un niño.

La policía no tardó en aparecer. Siguieron un rastro de sangre que, rápidamente, los llevó a la calle de Castro, donde encontraron un torso desnudo. Cerca de la plaza de los Mostenses aparecieron los brazos y las piernas, junto a un rastro que llevaba hasta la calle Antonio Grilo.

Allí, la policía encontró un jubón ensangrentado y lo analizó para establecer una teoría: al niño lo habían asesinado en la calle Antonio Grilo número 3. Después, el asesino había descuartizado y esparcido sus restos por las calles aledañas, tal y como recogió el periódico *La Nación* al día siguiente.

Tan solo tres meses después, un nuevo crimen sacudió la ya por entonces conocida como la calle con más crímenes de Madrid.

UNA BROMA QUE TERMINA MAL: UN HOMBRE HERIDO DE UNA PUÑALADA

Tres amigos estaban bromeando en una taberna situada en la calle Antonio Grilo. Cuando salieron corriendo precipitadamente del local, siguiendo la chanza, tropezaron con un individuo que no se tomó demasiado bien la gracia. Sacó una navaja y apuñaló a uno de los muchachos.

ABC,
18 de abril de 1926

UNA CALLE MALDITA

Pero fue en 1930 cuando se volvió a hablar del espíritu del cura vengativo. Ese año, Dolores Gómez Ruz, de cincuenta años, se quitó la vida arrojándose por el balcón de su casa, el mismo en el que, sesenta años antes, dos rufianes habían asfixiado al sacerdote.

·Y esa pequeña coincidencia desató los rumores. ¿Y si las influencias del fantasma del sacerdote la habían llevado a tomar esa decisión? ¿Y si en su búsqueda de venganza el malvado fantasma la hubiese convencido para que se suicidara?

Según publicó *El Imparcial*, Gómez Ruz se había quitado la vida porque sufría una enfermedad crónica que no podía soportar, pero para los vecinos de la zona el verdadero culpable era el espíritu del cura, que llevaba a la locura a todos los que vivían en esa calle.

EL CRIMEN DEL CAMISERO

Los crímenes más terribles se centraron en el número 3 de la calle, que se convirtió en un auténtico punto negro de malas energías. En

1945 poca gente dudaba de que el edificio estaba maldito, y los que aún lo hacían dejaron de hacerlo al leer la prensa del 9 de noviembre.

SUCESOS EN MADRID

APARECE EL CADÁVER DE UN HOMBRE ASESINADO EN CIRCUNSTANCIAS EXTRAÑAS

En la calle Antonio Grilo número 3, principal derecha, había sido hallado un hombre, su propietario, en circunstancias extrañas. Los agentes desplazados al lugar identificaron el cadáver de Felipe de la Braña Marcos, de cuarenta y ocho años y de profesión camisero, que aparecía vestido con americana y pantalón. Estaba tendido sobre la cama, con la cabeza ensangrentada apoyada en la pared. Con la mano izquierda aferraba un mechón de pelo, lo que hace suponer que hubo lucha. No presentaba herida de arma blanca ni de fuego, por lo que se supone que fue asesinado con un martillo o porra.

Debido a las limitadas técnicas de investigación de la época, el asesinato quedó sin resolver. El espíritu atormentado del camisero acompañaba ya al del sacerdote en su misión de llevar a la locura a los habitantes de la casa. O eso se contaba por aquel entonces, cosa que pareció confirmarse en 1962.

EL SASTRE HOMICIDA

En el número 3 de la calle Antonio Grilo vivía una familia modelo. José María Ruiz Martínez, muy reconocible por su gran bigote y sus enormes gafas, y su mujer Dolores Bermúdez formaban un matrimonio envidiable. «Se querían como si fueran novios», decían sus amigos. Él tenía una sastrería de prestigio y ella, con la ayuda de una asistenta del hogar, se dedicaba a cuidar de sus cinco hijos: María Dolores de catorce años, Adela de doce, José María de diez, Juan Carlos de cinco y la pequeña Susana, de tan solo dos añitos.

El negocio funcionaba a pleno rendimiento, la familia no tenía problemas de dinero. De hecho, los hijos mayores estudiaban en el Colegio Británico, y los vecinos parecían adorarlos. Al menos, así lo contó la antigua portera de la finca, Eulalia Maroto, a *El Caso*:

José María era una persona muy atenta. Quería a su mujer, la adoraba, según demostraba a los ojos de vecinos y clientes, y a sus hijos los miraba con verdadera devoción, todo le parecía poco para ellos. La sastrería que regentaba daba la sensación de ir viento en popa y José María no era hombre de aventuras ni juergas.

Por eso, nadie se explicaba cómo pudieron desencadenarse los hechos del 1 de mayo de 1962.

CINCO CADÁVERES

José María fue el primero en despertarse esa mañana, a causa de las pesadillas que no lo dejaban descansar, igual que le había pasado las últimas semanas. Eran las siete de la mañana cuando se puso su bata y sus zapatillas de estar por casa y se dirigió al piso de arriba, en el que vivía su asistenta, Juana García.

Ruiz le pidió que buscara una farmacia de guardia y le comprara unos analgésicos a Dolores, que se encontraba indispuesta. Juana se vistió y salió rápidamente, pero sabía que tardaría en encontrar una farmacia abierta en el Día de los Trabajadores. Y José María contaba con ello. Aprovechó ese periodo de tiempo para asesinar a toda su familia, según se relataría después en el informe policial.

En la habitación del matrimonio mató a martillazos a su mujer y degolló a Susana, la pequeña de dos años que Dolores tenía en brazos. A Adela la acuchilló en la habitación de al lado. Sus dos hermanos menores estaban en la siguiente sala, uno de ellos con el cuello cortado y el otro con varios orificios de bala. Finalmente, a María Dolores, de catorce años, la mató de un tiro en la garganta en el baño de la casa.

UNA CONFESIÓN

A eso de las ocho y media de la mañana, la ajetreada calle Antonio Grilo quedó paralizada. José María Ruiz, completamente ensangrentado, salió a su balcón.

—Los he matado a todos. Los quería mucho. Aquí están. Podéis verlos. Lo he hecho por no matar a otros canallas. A todos los he matado —dijo a voz en grito.

Mientras los vecinos llamaban a la policía, Genoveva Martín, la portera del edificio, corría por las escaleras para llegar a la tercera planta e intentar rescatar a algún miembro de la familia, pero solo consiguió hablar con el sastre a través de la puerta cerrada.

—Abra la puerta, por favor —pidió Genoveva, golpeando la puerta.
—No, no, no quiero abrirla.
—A lo mejor pueden salvarse todavía.
—Nada puede ya salvarlos. Búsqueme un cura para confesarme. Quiero confesarme y después matarme yo también —aseveró Ruiz antes de callarse.

Genoveva salió corriendo hacía el convento de carmelitas, que era el que tenía más cerca, y un fraile se apresuró a acompañarla. Para cuando ambos llegaron, ya había un coche patrulla en el número 3 de Antonio Grilo. José María Ruiz accedió a hablar con el religioso.

—Solo quiero que me confiese usted.

—Abre la puerta y dame esa pistola.

—La necesito para matarme.

—Entonces no puedo confesarte. Tienes que arrepentirte y darme esa pistola.

—No quiero dársela. Tengo que matarme. ¡Esto es para mí! Dios no me lo tendrá en cuenta.

El sonido de un disparo cortó la conversación. José María Ruiz Martínez se había suicidado.

EL FANTASMA QUE LO LLEVÓ A LA LOCURA

Durante años, la policía y los medios investigaron qué pudo haber llevado al sastre a cometer un crimen tan atroz, pero no se encontraron respuestas. La familia no tenía desavenencias, el dinero no era un problema, incluso estaban construyendo una finca de recreo en el pueblo de Villalba. Nada explicaba los crueles actos de Ruiz.

En la actualidad, se sigue achacando todo a algún tipo de locura transitoria o problema psiquiátrico. Pero no son pocos los que creen que José María Ruiz no fue más que otra víctima de la maldición de la calle Antonio Grilo, que los espíritus malignos que habitan allí lo volvieron loco a base de pesadillas y susurros. Igual que lo habían hecho antes con los padres del niño martirizado, la mujer que se tiró por el balcón, el asesino del camisero y todos aquellos que habían cometido actos atroces en aquella calle.

Y parece que el influjo de esas energías negativas no acabó entonces. Tan solo quince días después del crimen del sastre, otro asesinato sacudió la calle.

UN RECIÉN NACIDO APARECE MUERTO

En 1964, Pilar Agustín Jimeno, soltera, dio a luz en casa y, por vergüenza o miedo, ahogó a su bebé y lo guardó en un cajón de la cómoda envuelto en una toalla. Se lo encontró su hermana Pilar dos días después.

ABC,
19 de abril de 1964

Incluso en tiempos recientes, se han registrado crímenes como el ataque con machete a un joven francés en 2004. La calle más macabra de Madrid sigue dejando tras de sí un rastro infinito de crímenes violentos.

EL BAÚL DEL MONJE

A lo largo de los años, el Grupo Hepta de investigación paranormal ha trabajado con muchos casos de *poltergeist*, pero ninguno tan apasionante como el de El Baúl del Monje. A diferencia de otras ocasiones, los investigadores fueron testigos en primera persona de los fenómenos paranormales que se produjeron.

En los años noventa, la calle Marqués de Monasterio número 10 estaba ocupada por una de las tiendas de subasta de antigüedades más conocidas de Madrid, El Baúl del Monje. Sus dueños, Ángela y Noel, habían reunido entre sus cuatro paredes un caleidoscopio de objetos de diferentes épocas y culturas: lámparas de araña, esculturas, jarrones, muñecas, breviarios, medallas y hasta un fonógrafo.

Era una tienda normal hasta que, en la primavera de 1998, pareció cobrar vida. Primero, llegaron los pequeños incidentes que se producían siempre al cerrar la tienda: una llavecita barroca salió disparada de la cerradura del armario en la que se encontraba, un vaso de agua colocado encima de una mesa explotó ante los ojos de Ángela y Noel y los golpes y sacudidas eran constantes dentro de un armario francés de tres cuerpos, como si alguien se encontrase atrapado allí dentro y clamase por salir.

PELIGRA LA ACTIVIDAD ECONÓMICA

Los escépticos dueños de El Baúl del Monje ignoraron estos sucesos de apariencia paranormal hasta que empezaron a afectar a sus clientes. En horario comercial, los aparatos que utilizaban para restaurar muebles antiguos se encendían ante los ojos de los compradores, aunque estuvieran desconectados de la corriente, y los cristales de las lámparas de araña centenarias que colgaban del techo caían sobre sus cabezas sin razón aparente. Los fenómenos extraños llegaron a ser tan habituales que el negocio llegó a perder a muchos de sus clientes.

Pero, aun así, Ángela y Noel tuvieron que vivir un último acontecimiento para darle la importancia que merecían a los fenómenos paranormales que sucedían en su almoneda. Entre muchas otras antigüedades, los dueños tenían en uno de sus expositores una cabeza de carnero de terracota. El problema es que esta escultura no parecía encontrarse cómoda en ningún sitio: cada vez que levantaban el cierre, la encontraban en un sitio distinto.

Tanto fue así que una noche después de cerrar, y ya convencidos de que era una venta perdida, Noel y Ángela la dejaron en la calle junto a un cubo de basura. Sin embargo, a la mañana siguiente encontraron la cabeza de carnero en el pasillo central de la tienda: ambos podían jurar que les estaba mirando fijamente, como si los desafiara.

«Fue entonces cuando nos llamaron porque en el negocio ocurrían una serie de cosas tan impactantes que ponían en peligro la actividad económica. Y, para nosotros, ha sido el caso *poltergeist* más apasionante que hemos tenido en nuestros muchos años de investigación, porque los fenómenos se producían directamente ante nuestros ojos», cuenta Sol Blanco-Soler, investigadora del Grupo Hepta implicada en el caso de El Baúl del Monje, en una entrevista concedida a *Terrores Nocturnos*.

FENÓMENOS «ESPECTACULARES»

Durante dos años, los técnicos del Grupo Hepta acudieron cada semana a El Baúl del Monje y, cada vez que lo hacían, presenciaban fenómenos aún más espectaculares.

«Las arañas de cristal bailaban, caían cenizas de madera quemada, chinchetas, monedas, botones y cristales, cualquier cosa que fuera pequeña y se encontrara en grandes cantidades caía del cielo como si fuera lluvia. Las frutas de madera se salían de la bandeja y volaban por todas partes, las bombillas se desenroscaban solas y caían como flotando al suelo», describe Blanco-Soler.

Esos eran solo algunos de los fenómenos más comunes de El Baúl del Monje, aunque hubo muchos otros que Sol Blanco-Soler y su equipo pudieron observar:

Una tarde, mientras charlábamos animadamente en uno de los saloncitos, las manecillas de un reloj que adornaba una de las cómodas empezaron a girar alocadamente y dieron la vuelta completa en tan solo un par de minutos. Lo increíble es que el dueño nos confesaba aterrorizado que ¡el reloj ni siquiera tenía cuerda! En varias ocasiones, también mientras hablábamos con los dueños, se materializó ante nosotros la cabeza medio quemada de una muñeca de plástico. El cuello acababa en un color negruzco como el carbón. Esta cabeza de muñeca nos sobresaltaba continuamente, no solo por sus apariciones inesperadas, sino también por sus desapariciones inexplicables.

Incluso hubo miembros del equipo que sufrieron ataques directos.

Una noche, Lorenzo Plaza, el físico que nos ayudaba en nuestras investigaciones del lugar, fue perseguido a lo largo de un pasillo entero por una pieza de jade que había salido disparada de su ajedrez. En otra ocasión, un cristo clavado en la pared de forma firme se arrancó solo de su posición y, trazando una parábola en el aire, cayó a sus pies.

El equipo ni siquiera fue capaz de realizar una güija en el lugar ya que, al intentarlo, un hierro punzante se materializaba debajo del puntero y este rayaba la tabla cada vez que se movía.

PRUEBAS PSÍQUICAS

Fue entonces cuando la sensitiva médium Paloma Navarrete, mientras paseaba por la tienda, vio con sus propios ojos la trágica historia del lugar, que luego los otros miembros del Grupo Hepta pudieron corroborar.

«El local tenía unos antecedentes trágicos. Antes de ser una almoneda, había sido el bufete de un abogado que había muerto por la inhalación de humo en un incendio, tal y como vio Paloma», dice Blanco-Soler.

Sin embargo, por más sorprendente que parezca, este no era el verdadero origen de los sucesos paranormales de El Baúl del Monje:

> A pesar de esta hipótesis, atractiva para cualquiera y muy tentadora, pronto nos dimos cuenta de que los fenómenos tenían una relación directa con el dueño de la almoneda. Pudimos comprobar que Noel ya había provocado fenómenos a su alrededor en dos ocasiones antes de empezar con El Baúl del Monje. Por eso, catalogamos lo que allí ocurría como un *poltergeist*, un conjunto de fenómenos de efectos físicos que produce inconscientemente una persona viva en estado de estrés o con un conflicto emocional interno.

Poco más pudieron averiguar los investigadores paranormales porque, después de este diagnóstico, los socios colgaron el cartel de «se vende» en la tienda, se marcharon y se les perdió la pista.

Curiosamente, hoy en día el antiguo emplazamiento de El Baúl del Monje está ocupado por una tienda de iluminación que no ha reportado ningún tipo de problema paranormal. ¿Una prueba más de que los sucesos paranormales estaban vinculados a sus antiguos propietarios y no al lugar en el que pasaron?

LOS FANTASMAS DEL REINA SOFÍA

Un museo ubicado en el centro de Madrid que se inauguró hace más de treinta años, pero que guarda entre sus paredes una larga historia donde las guerras, la enfermedad y la muerte estuvieron presentes. Ahora, el personal del museo y los propios visitantes reconocen haber sentido, escuchado y visto fantasmas que continúan recorriendo los largos pasillos de esta galería de arte.

El Museo Reina Sofía se inauguró en septiembre de 1992 y desde entonces, sus puertas han estado abiertas para todo aquel que quiera visitar las exposiciones que se realizan allí.

Este edificio neoclásico situado en la zona de Atocha no solo expone obras de grandes artistas como Pablo Picasso y su *Guernica*, sino que bajo sus cimientos se esconden siglos de historia en los que la galería de arte fue lugar de refugio para los más pobres y un hospital para los enfermos.

SUS INICIOS COMO ALBERGUE

Debemos remontarnos a la segunda mitad del siglo XVI para hablar del momento en el que se construyó el solar que hoy ocupa el museo, bajo las órdenes del rey Felipe II, quien nombró a Madrid capital del reino y pensó en reunir varios centros de salud en un único edificio ubicado en una zona céntrica de la ciudad. Así fue como en 1590 empezó la construcción de este terreno.

Por aquel entonces era un albergue-sanatorio, donde mendigos y personas sin recursos buscaban refugio bajo el brazo protector de varias órdenes religiosas, entre las que predominaban las hermanas de la Caridad —monjas muy reconocibles por el enorme rosario que colgaba de sus hábitos—, que eran las encargadas de buscar habitación, alimentar y cuidar a este grupo marginal de la sociedad.

Las malas condiciones del edificio, el frío y la falta de recursos hicieron que muchos de ellos fallecieran al poco tiempo de llegar y es ahí cuando el albergue pasó a tener una segunda función: un cementerio. En el sótano y bajo sus muros, se depositaron los restos de muchas de estas personas, que morían solas y sin los fondos necesarios para ser enterradas dignamente.

EL HOSPITAL GENERAL

Años después, este albergue pasó a convertirse en el hospital general de Santa Catalina cuando Felipe III, el sucesor, remató la obra en 1603. Se renovaron las fachadas, se modernizó el interior y se instalaron los recursos necesarios para curar a los enfermos.

A lo largo de los años, este lugar sirvió como manicomio, casa cuna, hospital e incluso hospital universitario bajo el nombre de San Carlos, ya que fue en el año 1787 cuando Carlos III inauguró el lugar bajo este nombre.

El Hospital San Carlos acogió a centenares de enfermos mentales, psicópatas e incluso asesinos. Por aquel entonces, en pleno siglo XVIII, los pacientes de esta especialidad no contaban con los mismos cuidados que ahora. Los enfermos más peligrosos pasaban gran parte del tiempo atados para no hacerse daño a sí mismos ni a los demás y eran sometidos a duros tratamientos médicos que hoy serían considerados una tortura.

Muchas de estas personas pasaron toda su vida allí y fallecieron en las instalaciones del antiguo hospital. Otras corrieron la misma mala suerte que los mendigos del albergue y acabaron siendo enterradas sin miramientos.

Pero lo peor ocurrió poco después de que el hospital se inaugurara, cuando tuvo que hacer frente a distintas pestes y epidemias que causaron la muerte de miles de personas, muchas dentro del hospital.

Los médicos y las distintas órdenes religiosas se encargaron de cuidar de los enfermos pero no daban abasto. Trabajaban a destajo y los

cadáveres se acumulaban en las salas, en las habitaciones e incluso en los pasillos. Esto hizo que hubiera que enterrarlos de urgencia en el subsuelo del hospital, en lo que ya podía denominarse una necrópolis.

Fue el comienzo de las primeras historias sobre fantasmas que recorrían los pasillos y las habitaciones del centro y que algunos pacientes afirmaban ver poco antes de morir. Algunos decían que durante la noche veían orbes de luz o incluso sombras que los preparaban para el final. Y los que sobrevivieron, fueron hasta la sede de algunos periódicos locales para contar su experiencia. Las páginas de los periódicos se llenaron de historias: algunos decían sentir temperaturas más gélidas y otros se veían obligados a salir al patio del hospital para respirar aire fresco, porque allí dentro los espíritus que poblaban cada una de las plantas del centro hacían que en su interior la estancia fuera insufrible.

En 1936, durante la Guerra Civil, el edificio mantuvo su función como hospital para curar a los soldados heridos, pero también se convirtió en una prisión para los hombres del bando contrario. Muchos de ellos fueron torturados, mutilados, asesinados y enterrados en los sótanos del edificio.

ABANDONO Y POSTERIOR REAPERTURA

En 1965 este hospital dejó de funcionar y permaneció vacío durante veinte años. Tiempo suficiente para reavivar los rumores sobre fantasmas y entidades que recorrían las ruinas de un lugar cargado de tristeza, dolor y sufrimiento.

Sin embargo, en 1977 la Academia de San Fernando y la Dirección General de Bellas Artes pidieron al Gobierno que conservara la estructura y se declaró centro de interés histórico-artístico. Tiempo después, en septiembre de 1992, abrió sus puertas al público convertido en el centro de arte que conocemos hoy: el Museo Nacional Centro de Arte Reina Sofía.

CADÁVERES BAJO LOS CIMIENTOS

Antes de esta grandiosa reapertura que marcaría un antes y un después en la historia del edificio, las obras de remodelación sufrieron numerosos inconvenientes. Muchos trabajadores presenciaron, sintieron e incluso llegaron a ver cosas que no tienen explicación. Hablaban de ruidos, pasos en habitaciones contiguas donde no había nadie, voces lejanas que les llamaban desde el otro lado del edificio, lamentos que resonaban por las paredes vacías del museo y sombras que veían por el rabillo del ojo y desaparecían en cuanto fijaban la vista en ellas.

Además, bajo los cimientos del antiguo hospital encontraron numerosos cuerpos. Cadáveres y cadáveres que se habían ido amontonando a lo largo del tiempo. Había gente de todas las edades: ancianos, jóvenes soldados e incluso niños... El personal de obras informó a las autoridades sobre este descubrimiento y sobre la actividad paranormal del edificio, pero estas se negaron a escuchar. Algunos obreros llegaron a pedir el traslado a otro lugar porque se les hacía insoportable vivir lo que allí ocurría día tras día.

ENTIDADES MERODEANDO EL EDIFICIO

Uno de los testimonios que más se repetía entre los trabajadores era el de la aparición de tres monjas que recorrían los pasillos del museo en obras. Algunos testigos afirmaron que caminaban en silencio por las plantas más oscuras y, en ocasiones, incluso se las vio en el jardín.

Casualmente, en 1990 aparecieron enterradas en el sótano tres monjas momificadas en la antigua capilla del hospital: actualmente, y con el permiso de la Archidiócesis, permanecen enterradas bajo la puerta principal del museo.

Incluso hay quienes dijeron que entre este tumulto de entidades se encontraba el espíritu del mismísimo pintor Pablo Picasso. Investigadores y expertos dicen que el traslado del *Guernica* desde el Casón del Buen Retiro al Museo Reina Sofía causó un gran revuelo político, pero también paranormal... Dicen que el propio Pablo Picasso se paseaba por las salas, furioso por el cambio de lugar de su obra cumbre.

Pero las teorías no acaban aquí. Una de las médiums que visitó aquel lugar reconoció que allí había otro espectro que no era el del pintor malagueño. Se trataba de un sacerdote que transmitía mucho dolor y sufrimiento porque al parecer lo habían torturado allí durante la Guerra Civil.

Algunos medios de comunicación, como *Diario 16*, incluyeron en sus páginas estos acontecimientos paranormales. El 21 de abril de 1995 este periódico madrileño publicó una noticia en exclusiva titulada «Los fantasmas del Reina Sofía», donde aparecían recogidos numerosos testimonios acerca de presencias que recorrían los pasillos del edificio: luces que se encendían solas, pesadas puertas que se abrían y se cerraban a placer cuando no había nadie o incluso gritos de lamento que resonaban por todo el museo.

LA GÜIJA DEL REINA SOFÍA

Una noche de finales del año 1991, un grupo de cuatro guardias hartos de las supuestas apariciones, las imágenes inexplicables en las cámaras de seguridad y el miedo del personal, decidieron usar una güija para contactar con el más allá.

Más escépticos que convencidos, apoyaron el dedo en un vaso e hicieron la pregunta que siempre se hace en este juego: «¿Hay alguien ahí?». Pero lo único que encontraron fue el silencio.

Volvieron a repetir la pregunta y añadieron un «Manifiéstate» a la frase. El vaso se arrastró por la tabla directo a la palabra «Sí». Otro de los guardias le preguntó al espíritu quién era y el vaso retomó el movimiento y se fue posando sobre cada una de las letras: A... T... A... Se trataba de ATA. Y posteriormente añadió: «Mi nombre es Ata... soy un loco peligroso y un asesino. En unos días tendrás una desgracia. Prepárate». Dos golpes secos rompieron la concentración del momento y los guardias salieron de allí, muertos de miedo.

A los pocos días un familiar de uno de los vigilantes falleció y el hombre pidió la baja, alegando que no podía soportar la presión que sentía cada vez que entraba allí y más sabiendo que una entidad maligna le había advertido de una desgracia que poco después se cumplió. Desde entonces, ese fantasma quedó bautizado como Ataúlfo.

VISITA DEL GRUPO HEPTA

«Fue en 1992 cuando saltó la noticia en los medios de comunicación de que los vigilantes del museo habían vivido experiencias extrañas en sus rondas nocturnas. Los montacargas se ponían en marcha y los agentes tenían que recorrer una y otra vez todas las plantas en busca de intrusos», contó a *Terrores Nocturnos* Sol Blanco-Soler, miembro del Grupo Hepta, el equipo de investigación de fenómenos paranormales referente en España.

Ese mismo año, recibieron una carta del personal del propio museo en la que les pedían que por favor investigasen las instalaciones en busca de alguna evidencia paranormal. Y así fue como, una fría noche, los miembros del Grupo Hepta llegaron a Atocha y se adentraron en las instalaciones. «Una vez más sus dimensiones nos abrumaban y los pasillos interminables y desconocidos nos producían cierta inseguridad a la hora de orientarnos», explica Sol Blanco-Soler.

No sería la primera vez que se acercarían al edificio. En esa ocasión, la visita fue breve pero fructífera. «En una sala del sótano, Paloma Navarrete situó la antigua sala psiquiátrica donde los locos permanecían atados a las paredes con cadenas y argollas y, tras recorrerla, su videncia descubrió tres féretros detrás de una pared de pladur», explica la parapsicóloga.

En un primer momento, el personal del equipo pensó que dando entierro a los restos se acabaría la actividad paranormal que asolaba al museo. Sin embargo, los ruidos, las pisadas, los susurros y las siluetas que recorrían los pasillos no abandonaron las instalaciones. Todavía quedaba mucho que hacer.

«Cuando volvimos, tres años más tarde, intentamos contactar con alguno de los antiguos habitantes. Una judía que vivió en el solar en 1594 dijo llamarse Malú. También hablamos con sor Aldonza de los Ángeles, religiosa encargada de la casa cuna que buscaba insistentemente a su niña María», explica Sol Blanco-Soler.

El Grupo Hepta incluso consiguió contactar con Ataúlfo, el fantasma que se había comunicado con el grupo de guardias que realizó una güija en el museo. «Un loco recluido que había asesinado a cinco personas y que nos explicó lo mucho que le gustaba pasearse por los pasillos y los jardines», comenta la parapsicóloga. Parece que, con el tiempo, la entidad había dejado a un lado sus ansias de hacer sufrir a la gente y su desequilibrio mental y ahora simplemente disfrutaba de las nuevas instalaciones del Reina Sofía.

También se comunicaron con un médico llamado Livino, que había ejercido su profesión en el hospital y dijo que estaba contento al ver que el edificio albergaba arte y belleza. Y pudieron ver a las monjas de tocas blancas de las que la mayoría del personal del edificio hablaba.

Fue una experiencia única para el Grupo Hepta y para los trabajadores, y una muestra más de que, más allá de lo empírico, existe un más allá. «Esta información permanece archivada en el Reina Sofía, tan real como sus colecciones artísticas; sus antiguos personajes son felices si pueden pasearse de vez en cuando por sus galerías y revivir trozos de su vida que no quieren olvidar», concluye Sol Blanco-Soler.

RAIMUNDITA, EL FANTASMA DE LA NIÑA DEL PALACIO DE LINARES

El Palacio de Linares, uno de los edificios madrileños mejor conservados del siglo XIX, fue la residencia de los marqueses de Linares. Sobre este lugar existe una oscura leyenda que habla de amor, traición, incesto y muerte. Una dolorosa historia que ha hecho que las almas de sus protagonistas se hayan quedado atrapadas allí para siempre.

La construcción del Palacio de Linares comenzó en 1877 y terminó en 1890, cuando los propietarios ya llevaban un tiempo viviendo en aquel maravilloso lugar.

La espectacular fachada del Palacio de Linares ya nos avisa de su gran historia. Recubierta de piedra caliza, con elementos decorativos propios del estilo francés e italiano de la época, combina a la perfección con el mármol y los tapices y pinturas que decoran su interior.

Un estilo arquitectónico que nos transporta a esas primeras décadas del siglo XX en España, marcadas por los movimientos sociales, los cambios ideológicos, la Guerra Civil o la Edad de Plata de la cultura española.

LA LEYENDA DEL PALACIO DE LINARES

Cuenta la leyenda que, hace muchos años, un empresario de nombre don Mateo Murga Michelena y su mujer tuvieron un hijo llamado José Murga y Reolid, conocido en la capital por pertenecer a una adinerada familia que se había enriquecido gracias a los negocios de ultramar y las inversiones en un nuevo medio de transporte clave para el desarrollo económico del país: el ferrocarril.

Nacido en 1833, el joven se educó en Alemania, Francia e Inglaterra y se convirtió en una de las personas más cualificadas de la ciudad, hasta el punto de que muchos le auguraban un futuro brillante.

Cuando regresó a Madrid, pasaba la mayor parte del tiempo aprendiendo de su padre, cerca de las empresas que algún día serían suyas. Aunque, siempre que podía, aprovechaba los ratos libres para caminar por la ciudad y admirar el paisaje.

Una mañana, se tropezó con una chica que llevaba puesto un vestido de color negro con una mantilla blanca y enseguida dedujo que se trataba de una cigarrera. Una mujer sin dinero ni recursos y, en ocasiones, sin un techo bajo el que dormir.

Había visto esta imagen cientos de veces, pero en aquella ocasión algo le llamó la atención en aquella joven. Sus ojos, su mirada o quizá lo realmente guapa que era. Fuera lo que fuese, el joven marqués y la cigarrera entablaron una conversación que decidieron retomar al día siguiente, y al siguiente. Así fue como ese inusual encuentro acabó convirtiéndose en costumbre. Y tan solo unas semanas después, José Murga y la cigarrera, llamada Raimunda, se enamoraron perdidamente el uno del otro.

Su amor pasional y por aquel entonces, adolescente, les hizo quererse tanto que pensaron en casarse. Ambos ansiaban pasar juntos el resto de sus vidas, sin importar de dónde venían o la clase social a la que pertenecieran.

Cuando el joven se lo comunicó a su padre, el hombre se enfadó tanto que decidió mandar a su hijo de vuelta a Inglaterra para que acabara sus estudios y se olvidase de aquella cigarrera. «¡Tonterías! ¡No dices más que tonterías!», repetía una y otra vez, lleno de rabia.

Pero la distancia no supuso un impedimento. A los pocos meses, el padre de José Murga falleció de un infarto y, aprovechando el funeral, el chico volvió a las calles de Madrid en busca de su amada Raimunda, a quien le pidió la mano.

En 1858 se celebró la boda. Y poco después el matrimonio decidió comprar un amplio solar propiedad del Ayuntamiento, donde mandaron construir el Palacio de Linares.

Cuando se mudaron al centro de Madrid ambos contaban con el título de marqueses de Linares y esto aumentó su prestigio. Sin embargo, este cuento de hadas llegó a su fin cuando el marqués encontró unas antiguas cartas de su padre en las que decía haber tenido una relación amorosa con una cigarrera de Lavapiés, de la que había nacido una niña llamada Raimunda. Esto solo quería decir que a José Murga y a la cigarrera no solo les unía el matrimonio, sino algo mucho más fuerte... Eran medio hermanos.

Para intentar minimizar el escándalo y legalizar su situación en la medida de lo posible, la pareja acudió a la Iglesia, donde solicitó una bula papal denominada *casti convivere* que les permitía vivir bajo el mismo techo, pero en castidad.

Los dos aceptaron sin dudar. Aunque la verdad era que a esas alturas ya habían mantenido relaciones y por mucho que negaron ante la Iglesia haber consumado su amor, Raimunda ya estaba embarazada de una niña a la que tenían pensado llamar Raimundita.

A partir de aquí la leyenda toma diferentes caminos. Unas versiones señalan que el matrimonio tuvo a la niña y la crio en el palacio, pero jamás la dejó salir de este lugar y la niña acabó falleciendo allí, añorando una vida normal y unos amigos que jamás pudo tener. Otras historias dicen que en cuanto dio a luz a la bebé, los padres decidieron acabar con ella. La ahogaron o la emparedaron; algunos piensan que la enterraron en el jardín. Pero fuera como fuese, lo que indica la leyenda es que la pobre Raimundita nunca pudo ser feliz, porque desde el momento en el que vino al mundo fue rechazada por sus padres y castigada de la peor forma posible. Con la muerte o con el aislamiento.

PSICOFONÍAS MÁS FAMOSAS DE MADRID

Les habla Germán de Argumosa sobre el fenómeno psicofónico. ¿Qué son las psicofonías? Las psicofonías son grabaciones paranormales en cinta magnetofónica que el oído humano no percibe directamente y solo pueden conocerse cuando se escuchan después.

Seguidamente van a escuchar algunas de las grabaciones que recogió en el Palacio de Linares la doctora Sánchez de Castro. Observarán que son

muy claras, que su forma es muy especial. En el sentido de que recuerdan bastante a los fonemas normales.

Así empieza el casete con las psicofonías más famosas de Madrid, grabadas en el Palacio de Linares. Se recogieron a principios de 1989 y se publicaron, junto con la grabación, en la primavera de 1990 en la revista *Tiempo*.

El escritor y catedrático Germán de Argumosa, conocido también por ser uno de los mayores divulgadores de parapsicología, daba paso a las psicofonías con una breve introducción seguida del sonido distorsionado de la grabación: en ella se escuchaba con gran claridad una voz femenina y cansada que se lamentaba repetidas veces.

Entre las numerosas psicofonías que se aprecian en la cinta, se escuchan palabras como «mamá» e incluso frases completas como «yo no tengo mamá», que se atribuyen a Raimundita, la hija de los marqueses. Aunque también existen frases que supuestamente pronunció Raimunda madre, como «nunca la oí decir mamá», donde se lamenta de la pérdida de su hija.

INVESTIGACIÓN DEL GRUPO HEPTA

Antes de que Sánchez de Castro diese a conocer las psicofonías, optó por contactar con el grupo de parapsicólogos más conocido del país, el Grupo Hepta, que se adentró en el palacio con el objetivo de estudiar los campos energéticos que había y fotografiar las estancias para conseguir captar a las entidades que habitaban el edificio.

Una investigación extensa que duró seis meses, desde junio hasta diciembre de 1989, y en la que surgieron nuevas dudas y casi ninguna respuesta.

La propia Sánchez de Castro llamó al padre Pilón, fundador del grupo, para realizar una investigación dentro del palacio. Según les contó, allí habían sucedido más hechos inexplicables que ni ella ni sus acompañantes sabían analizar.

Los perros que estaban bajo el mando de los guardias de seguridad —unos dóberman entrenados para rastrear y atacar en caso de que fuera necesario— se negaban a adentrarse en algunas estancias de la planta baja del palacio. Era como si su instinto animal les estuviese avisando de que allí dentro corrían peligro.

Además, Sánchez de Castro aseguró haber visto sombras dentro del edificio, voces que resonaban desde otras habitaciones e incluso objetos que se movían de lugar.

Tras la exhaustiva investigación por parte del Grupo Hepta, el padre Pilón llegó a la conclusión de que el campo magnético de aquel lugar estaba alterado por las corrientes de agua que fluían por debajo. Se trataba del cruce de dos ríos, el Castellana y el Abroñigal, que confluyen en la plaza de Cibeles donde se sitúa el palacio.

El equipo llegó a hacer más de cuatrocientas fotos donde consiguieron captar orbes de luz y un vídeo en el que se puede ver una sombra que cruzaba una de las habitaciones.

Según contó la propia Sol Blanco-Soler en una carta dirigida a *Terrores Nocturnos*, la única persona del Grupo Hepta que pudo contactar directamente con las entidades que habitaban en el palacio fue Paloma Navarrete, fallecida recientemente, en julio de 2022.

«Vi a una niña de blanco, con tirabuzones, que corría en el salón de baile y al día siguiente la vi pintada en el fresco del techo de esa misma habitación, asomada a un palco», contaba Navarrete en su canal de YouTube, donde dedicó un vídeo a hablar sobre la investigación del Grupo Hepta en el Palacio de Linares.

A estas apariciones se le suman dos psicofonías que grabaron en dos noches distintas dentro del edificio. En una de ellas sonaba la música de un órgano desde la capilla y en otra se escuchaba la voz de una niña que llamaba a una tal «Susi».

Además de captar presencias, el Grupo Hepta consiguió destapar otros misterios que escondía el palacio. Uno de los más llamativos es un objeto metálico enterrado a varios metros de profundidad en el suelo de la capilla, justo debajo de una de las estrellas de mármol que decoran la estancia. Se trata de un objeto metálico de entre treinta y cuarenta centímetros de largo que, dedujeron, podía tratarse de una caja, aunque jamás se averiguó que contenía. Sigue enterrada bajo el edificio.

Al final de la carta que envió Sol Blanco-Soler al grupo de *Terrores Nocturnos*, habló sobre otra incógnita que rodea al palacio. La de una persona más. Una niña, que también vivió con los marqueses y tuvo una estrecha relación con Raimundita, pero de la que hoy no se sabe nada.

Sin embargo, queda una pregunta en el aire y que podría ser el verdadero misterio del palacio. En las fotos de la época aparece otra niña más pequeña, que curiosamente en el salón de baile aparece pintada junto a Raimundita, la misma niña que vio Paloma Navarrete correr por el palacio y en otra ocasión, subir a un coche tirado por caballos rumbo a un lugar que estaba lleno de naranjos... ¿Quién era esa niña? Es todo un misterio.

Aunque se desconoce su identidad, la pequeña podría formar parte de la vida de los marqueses y de su historia real. Otra pregunta más que rodea al palacio y que, por ahora, jamás ha obtenido respuesta.

UN CASO QUE LLEGÓ A LOS MEDIOS DE COMUNICACIÓN

A partir de ahí, la leyenda de Raimundita que tantos años llevaba olvidada empezó a extenderse por todo Madrid. La repercusión de estas psicofonías compartidas por la doctora de medicina y psiquiatría Carmen Sánchez de Castro y su equipo en el año 1990 incrementó la curiosidad de los ciudadanos por el palacio que tanto tiempo había permanecido cerrado.

Los medios de comunicación fueron los primeros en hacerse eco de la noticia con reportajes, entrevistas a parapsicólogos y tertulias donde se discutía si estas grabaciones eran reales o si se trataba de un montaje.

También hubo quienes desmintieron esa historia desde el primer momento, basándose en archivos históricos. Uno de ellos fue el periodista español Torcuato Luca de Tena el 6 de junio del año 1990, en un artículo escrito para el periódico *ABC*.

En él, Luca de Tena aportaba varias claves que hacían ver que esta historia es imposible:

Don Mateo Murga no pudo escribir una carta a su hijo advirtiéndole que no se casase con doña Raimunda Osorio, por ser su hermana, por la drástica razón de que había muerto años atrás, antes de que se casaran. No estaba de viaje cuando su hijo se casó en secreto, salvo que por ello se entienda el viaje del que no se retorna. La boda no fue en secreto, sino con todo boato, como puede verse en las hemerotecas por las reseñas del brillante acto social. Y tampoco fue en secreto, ya que la madre del marqués ayudó con todos los preparativos. Doña Raimunda de Osorio y Ortega, marquesa consorte de Linares, no era hija de una estanquera, ni de una cigarrera según otros, sino de una dama de la alta sociedad de Madrid.

Recalca, sobre todo, la incongruencia de fechas de la leyenda y también desmonta el origen humilde Raimunda. Aunque es importante destacar que el propio Luca de Tena era marqués y un gran defensor de la nobleza, como se puede ver en estas líneas que escribió en el mismo artículo.

Tratar a un matrimonio radicalmente ejemplar de asesinos, emparedadores, adúlteros y parricidas, sin aportar un solo testimonio, ni siquiera un rumor de la época, no es solo una ligereza: es una infamia.

EXPERIENCIAS PARANORMALES EN EL PALACIO DE LINARES

Lo cierto es que, pese a que Raimundita nunca llegara a existir, sí parece que los ecos del pasado resuenan en este Palacio de Linares en forma de presencias paranormales. En *Terrores Nocturnos* hemos hablado con algunos antiguos vigilantes de seguridad del Palacio de Linares, que cuentan que difícilmente volverían a hacer un turno de noche aquí. Como Luis, un vigilante al que llamaremos así para mantener su privacidad.

Luis trabajó entre estas paredes en la primera década de los años 2000 y apenas estuvo unos meses en aquel puesto, antes de pedir el traslado.

Simplemente la sensación que se respiraba en el palacio, en medio de la noche, era abrumadora. Te ponía los pelos de punta. He trabajado en muchos otros lugares y nunca he tenido esta sensación. Estés donde estés, durante toda la ronda es como si alguien te vigilara constantemente, te sientes observado. El ambiente es pesado, opresivo. Se me ponían los pelos de punta como en ningún otro sitio.

Había salas en las que no funcionaban los aparatos electrónicos. Ni cascos, ni walkie-talkies, nada. Lo curioso era que los aparatos funcionaban perfectamente bien, ponías un pie en la sala y dejaban de funcionar y, en cuanto salías, los aparatos volvían a funcionar perfectamente. Una vez hice la prueba entrando y saliendo varias veces con una linterna en la mano. Y la linterna se encendía y se apagaba a medida que entraba y salía. Era muy muy extraño.

Otro guardia de seguridad, David, vivió una experiencia paranormal en la que pudo comprobar cómo los animales, perros entrenados para labores de seguridad, eran incapaces de entrar en ciertas zonas del palacio.

Yo solo he trabajado allí durante una suplencia de verano, pero os puedo asegurar que no volvería a hacerlo. En tan solo unos meses pude comprobar que todo lo que se dice sobre que este sitio está encantado es completamente real. Yo trabajé con perros en las rondas y había algunas salas en las que era imposible hacerlos entrar. Todos los perros se quedaban parados a la entrada de las mismas salas, con la cola entre las piernas y por más que tirabas de la correa, era imposible que pasaran. Es más, pese a ser perros entrenados y muy dóciles, hasta te llegaban a gruñir y eso era algo que no solía pasar.

Me sorprendió mucho que no fuera un solo perro, eran todos y siempre eran las mismas salas. Además, es cierto que eran justo las salas en las que los vigilantes nos sentíamos más observados y, sobre todo, en las que teníamos la sensación de que hacía mucho más frío que en el resto del lugar.

Es algo que también notan los transeúntes que pasan por la plaza de Cibeles. Algunos afirman haber observado orbes blancos y brillantes, e incluso una figura femenina de color blanquecino y reluciente que se asoma por las ventanas del palacio.

Otros, como Raúl, dicen haber captado sonidos que podrían venir del más allá.

Eran alrededor de las tres de la mañana, había estado tomando algo cerca de Cibeles con unos amigos y por eso había decidido dejar la moto en el aparcamiento que hay justo al lado de la Casa de América. Así que, cuando decidí dar por terminada la fiesta fui hasta allí para recogerla. La verdad es que la calle estaba llena de gente, lo normal por la zona. Pero el palacio estaba ya cerrado y tenía las luces apagadas. Sin embargo, mientras le quitaba los seguros a la moto, escuché perfectamente como el sonido de un órgano salía directamente desde dentro del edificio.

Y era imposible que alguien físico, alguien humano, lo estuviera tocando, porque eran las tres de la mañana y el palacio estaba cerrado, no debería quedar nadie dentro. Ni siquiera sabía si había un órgano dentro, la verdad. Pero sé que se me erizó la piel de la nuca y el pelo de los brazos. Tuve un sentimiento rarísimo, como de escalofrío.

Pero lo más extraño es que veía a la gente pasar por delante y yo era el único que parecía escuchar ese sonido.

Hace tiempo que el Palacio de Linares dejó de ocupar las portadas de los medios de comunicación y las miradas de los ciudadanos. Aunque en la mayoría de los madrileños queda el recuerdo de la leyenda y de los fantasmas que habitan el edificio.

UN PLATÓ MALDITO

Ahora es el flamante Parc Audiovisual de Catalunya, donde se han grabado películas de miedo como *Rec 2* o *Frágiles*, pero antaño era un edificio verdaderamente terrorífico: el Hospital del Tórax de Terrassa. Un lugar pensado para atender a enfermos de tuberculosis que se convirtió en el hospital con la tasa de suicidios más alta de España. Ahora, actores y directores sufren los ecos del pasado en forma de ataques paranormales.

UNA TARA SOCIAL

En mayo de 1939, tres meses después de la ocupación franquista de Barcelona, las autoridades del régimen anunciaron que un brote de tuberculosis había afectado a miles de personas. José María Milá Camps, presidente de la Diputación franquista de Barcelona, limitaría la cifra a «muchas personas». Pero un estudio de los doctores Tomàs Seix i Miralta y Lluís Sayé i Sempere apunta a que murieron más de 1.700 personas solo en la ciudad de Barcelona.

La tuberculosis es médicamente una enfermedad infecciosa que se contagia por vía aérea y se caracteriza por la creación de nódulos, principalmente en los pulmones, lo que produce tos seca y con sangrado, fiebre y, en casos extremos, la muerte. Pero socialmente, para el régimen franquista era mucho más.

Los principales brotes de tuberculosis se dieron en las prisiones donde hacinaban y maltrataban a los presos republicanos, en los orfanatos superpoblados con los hijos de los presos políticos y entre las familias humildes que, con los hospitales públicos destruidos en los bombardeos, no tenían a donde llevar a sus enfermos. Por eso, para el régimen franquista la tuberculosis era una enfermedad de republicanos o, como refleja un informe de la época, de «gentes depauperadas y con toda clase de taras sociales».

Tenéis que saber que un preso es la diezmillonésima parte de una mierda, como lo son sus familias.

Con estos antecedentes, no es difícil entender por qué el Ministerio de Sanidad no dio la orden de construir un sanatorio para enfermos de tuberculosis en Barcelona hasta 1952. Fue entonces cuando se inauguró el Hospital del Tórax en el Pla del Bon Aire de Terrassa, un lugar donde aislar a los enfermos rodeados del aire puro que, por entonces, era la principal terapia para la tuberculosis. Lo cierto es que desde 1946 ya se comercializaba un tratamiento para la tuberculosis, la estreptomicina, pero en la España franquista tan solo era accesible para los más ricos, que podían permitirse comprarlo de contrabando.

LA JUNGLA

El Hospital del Tórax era casi una ciudad gestionada en buena medida por las monjas carmelitas. Era un complejo de nueve plantas, con sala de curas, comedor o barbería, en el que se separaba a los enfermos por nivel económico, sexo y tipo de enfermedad.

Los pacientes se agrupaban en habitaciones para seis personas. Seis enfermos tosiendo y escupiendo sangre mientras escuchaban el sufrimiento de sus compañeros. A esto hay que sumarle la falta de fondos públicos, lo que suponía escasez de comida, de materiales médicos y también de personal. Tan solo veinticinco sanitarios y veinticinco monjas carmelitas trabajaban para cuidar las veinticuatro horas del día a los mil o mil quinientos pacientes que podía acoger el centro.

Esto suponía que los enfermos pasaban varios días con los mismos vendajes, que no podían ducharse con la asiduidad necesaria y que la higiene era lamentable: la sangre y los esputos se quedaban en las sábanas y también en el suelo, durante horas o días, suponiendo un grave foco de contagio.

Por todo esto, el Hospital del Tórax tuvo la tasa de suicidios más alta de España. En una semana, se podían suicidar hasta veintiuna personas, tres cada día. La mayoría lo hacían arrojándose desde la novena planta del complejo hacía un patio interior que los pacientes bautizaron como «la Jungla» por su vegetación y por los aullidos que emitían los enfermos que se lanzaban allí.

Además, los pacientes hablaban de experimentos con humanos y de una «enfermera de la muerte» que se dedicaba a acabar con ellos inyectándoles una sustancia extraña a través de los goteros. Y, aunque hubo una investigación entre el personal que no consiguió demostrar nada, el investigador Miguel Ángel Segura aportó algo de luz a este asunto en el *Diari de Terrassa*.

Hay historias que dicen que allí se realizaron muchos experimentos ilegales, y hoy en día no se sabe si es cierto o no. De hecho, hablé con un doctor que había trabajado durante dieciséis años como jefe médico del centro y me dijo que, si bien no había visto ningún experimento, sí pensaba que de todos los suicidios que había —que eran muchos— quizá alguno no había decidido suicidarse, sino que alguien le había empujado.

En total, uno de cada diez pacientes moría por la enfermedad, sin contar los que se quitaban la vida o los que se veían empujados a ello. Y al menos el 50 por ciento de los internos pedían el alta voluntaria solo para alejarse de esas terribles condiciones y de los suicidios constantes.

LO QUE LA SOCIEDAD NO QUERÍA

La situación empeoró a partir de los años setenta, cuando la tuberculosis pasó a ser una enfermedad controlada cuya tasa de mortalidad bajó al 5 por ciento y las monjas carmelitas abandonaron la Ciudad Sanatorial. El personal se redujo a la mitad y el hospital comenzó a acoger a muchos nuevos internos que nada tenían que ver con las enfermedades pulmonares: ancianos a los que sus familias no querían cuidar, enfermos mentales, alcohólicos y toda clase de personas de las que la sociedad se quería deshacer.

Tanto fue así que, en el año 1972, el director general de Sanidad recibió varios informes muy preocupantes sobre la Ciudad Sanatorial de Terrassa. En ellos, se acreditaba que no había suficiente comida, toallas limpias, sábanas o vendajes. Que la falta de personal era tal que los sanitarios no atendían a los pacientes críticos porque tenían que priorizar a los que tenían más posibilidades de salvarse y que los enfermos mentales simplemente languidecían sin ningún tipo de cuidado.

Finalmente, y tras varias reestructuraciones administrativas y reformas, el hospital se cerró definitivamente en 1997.

UNA GRAN CARGA DE ENERGÍA

Ya cuando el hospital estaba abierto, los internos hablaban de un fantasma que se aparecía ante los enfermos que iban a fallecer, o del espectro de un anciano que se tiraba una y otra vez por la misma ventana. Pero cuando se cerró, las leyendas se extendieron por toda Catalunya y centenares de personas quisieron explorar el lugar para vivir una experiencia paranormal.

Todos ellos contaban que, pese a que el edificio estaba desconectado de la electricidad, las luces se encendían y apagaban solas. Que en los solitarios y polvorientos pasillos se escuchaban toses y aullidos de dolor. Y, sobre todo, que todos los aparatos electrónicos fallaban o se apagaban al poner un pie en el lugar.

«Nosotros nos colamos hace unos años, subimos por un andamio e inmediatamente nos quedamos sin conexión en los móviles, a otros directamente se les apagaron», cuenta la barcelonesa Lorena Laínez.

Es algo que han estudiado los geobiólogos, que investigan las energías y la forma en que estas influyen en la materia. Han comprobado que, en el Tórax, al igual que en otros lugares como la gran pirámide de Keops, hay una gran carga de energía, lo que produce que fallen los aparatos electrónicos. «Baterías que deberían durar 10 horas se descargan en menos de media», confirma Josep Guijarro, el investigador que más ha estudiado el Hospital del Tórax.

Sin embargo, dentro del edificio hay lugares que parecen tener más energía que otros. Uno de sus puntos más calientes se sitúa en la novena planta, desde la que se tiraban los enfermos. Los que llegan hasta ella se sienten inmediatamente invadidos por la tristeza, la desesperación y la angustia. Y, algunos, han sentido unas irrefrenables ganas de lanzarse por una ventana. Es el caso de Emilio Durán, que ha subido hasta allí tres veces.

Siempre que he estado en la novena planta he escuchado la misma voz que me repetía una y otra vez «Y si te tiras, ¿qué pasa?, y si te tiras, ¿qué pasa?, y si te tiras, ¿qué pasa?».

Otro de los puntos calientes se encuentra en la capilla de la Ciudad Sanatorial. No es de extrañar, puesto que esta parte se encuentra llena de pentagramas, símbolos satánicos y demás. Es un lugar muy utilizado por algunos para hacer rituales satánicos y también para tratar de contactar con los muertos a través de la güija o la Spirit Box. De hecho, en mayo de 2003 la Guardia Civil investigó a varios jóvenes que se colaron en el sótano del edificio y, en un posible acto ritual, robaron un feto que estaba conservado en formol, aunque todo quedó en una gamberrada.

EL ESCENARIO PERFECTO

Para evitar este vandalismo y devolver su funcionalidad al edificio, el Ayuntamiento de Terrassa, con el apoyo de la Generalitat de Catalunya, transformó el antiguo Hospital del Tórax en el Parc Audiovisual de Catalunya, donde se han grabado películas como *Un monstruo viene a verme*, *El secreto de Marrowbone*, *Ouija* o *El fotógrafo de Mathausen*. Pero eso no quiere decir que la actividad paranormal haya desaparecido.

El director Jaume Balagueró, que grabó allí *Frágiles* o *Los sin nombre*, confesó que durante este último rodaje los actores incluso iban al baño por parejas debido a las extrañas sensaciones que tenían en el lugar. Por otro lado, el realizador Luis de Madrid, que grabó allí escenas de *La monja*, llegó a decir que nunca volvería al Hospital del Tórax porque en su interior fue testigo de hechos paranormales.

Pero, sin duda, la película más salpicada por lo paranormal es *Ouija*. La actriz Montse Mostaza confesó que tenía que salir del lugar en todos los descansos y a la hora de la comida porque estar dentro le producía una sensación de angustia e incomodidad.

Y el director de la cinta, Juan Pedro Ortega, explicó que durante la grabación se produjeron fenómenos como ruidos, gritos y susurros inexplicables que mantuvieron en tensión a todo el equipo. De hecho, uno de los miembros del equipo tuvo un accidente de moto sospechosamente similar al que sufría uno de los personajes de la película.

Pese a esto, en la actualidad el Parc Audiovisual de Catalunya sigue funcionando como centro de rodaje de películas y de anuncios publicitarios. Eso sí, también se organizan visitas guiadas por lo que queda del antiguo Hospital del Tórax para todos aquellos que quieran vivir el misterio en carne propia.

LA CURIOSIDAD

El Hospital del Tórax fue también el escenario de Operación Triunfo 2017 y tanto los participantes como el equipo técnico captaron rápidamente la sensación extraña que producía el edificio. De hecho, los cortes repentinos de luz, el fallo de los aparatos electrónicos y otros hechos inexplicables acabaron creando cierta alarma en la academia.

LA MANSIÓN
DE LOS OSCUROS SECRETOS

El Cortijo Jurado es uno de los caserones más encantados de toda España. Su leyenda esconde secretos relacionados con el satanismo y la masonería, además de túneles ocultos *que guardan mucho dolor en su interior.* Aún hoy, numerosas personas aseguran haber escuchado susurros, pisadas y voces que resuenan por el antiguo cortijo abandonado desde hace años.

Nos situamos en la loma de un monte cercano a la barriada de Campanillas, en Málaga. Allí se encuentra una hacienda agrícola-burguesa construida en algún momento del siglo XIX, entre 1830 y 1840. Se trata de una villa con dos partes bien diferenciadas: una que servía de vivienda para la familia burguesa que allí residía, y otra que albergaba los establos y las casas del servicio para el campesinado. En su época de esplendor era una masía de paredes blancas, con decenas de ventanas, el tejado de un elegante color negro y un torreón que se alzaba sobre el conjunto.

La Leyenda del Cortijo Jurado comienza en la primera década de nuestro siglo, cuando una gran compañía compra el caserón para remodelarlo y crear un lujoso hotel. Planos, mapas, proyectos de futuro... Los empresarios vuelcan todas sus expectativas en remodelar este inmenso lugar para convertirlo en un paraíso.

Sin embargo, algo se interpone en su camino. El equipo de obra y mantenimiento del futuro hotel no quiere trabajar dentro del edificio. Dicen que a través de las paredes del Cortijo Jurado se escuchan susurros, golpes, gritos e, incluso, que al mediodía resuenan por las habitaciones las notas de una melodía que parece proceder de un viejo órgano.

Aunque la empresa quiso llevar con discreción estos inconvenientes, los rumores empezaron a correr por Málaga. El hotel tuvo que contratar a varios equipos de obra y todos abandonaron el proyecto con los mismos argumentos: ese lugar estaba maldito.

Tiempo después, los investigadores y amantes de lo paranormal se acercaron con la intención de captar esa esencia de la que tanto se hablaba. Buscaron fuentes de energía, sombras que recorrieran el hotel o psicofonías. Y no tardaron en encontrarlas. Poco a poco, este edificio abandonado y olvidado durante siglos empezó a cobrar importancia a nivel nacional.

Ya no eran solo los expertos en el más allá quienes recorrían las ruinas del cortijo, sino también curiosos y vecinos de pueblos cercanos. Un escritor anónimo que publicó un libro titulado *Cortijo Jurado I* sobre la leyenda del lugar escribió acerca de la experiencia de uno de esos grupos, concretamente el que formaban varios amigos que, en el año 2003, decidieron acercarse al lugar para hacer una güija y comunicarse con el más allá.

Consiguieron mantener una conversación con una de las entidades que habitaban en el edificio, a través de la cual pudieron saber más sobre el Cortijo Jurado y su terrible secreto. En el libro aparece una conversación similar a la siguiente:

—¿Quién eres? —preguntó uno de los chicos.

—Helena —respondió la entidad.

—¿Qué edad tienes?

—Doce años.

—¿Por qué estás muerta?

—Me mataron.

—¿Fuiste una de las víctimas de los dueños de esta casa?

—Secuestro.

—¿Estás a mucha profundidad?

—Cuatro metros.

—¿Estás sola?

—No.

—¿Hay más niñas contigo?

—Sí.

—Dinos el lugar exacto para buscarte.

—Señal.

—¿A qué te refieres? ¿Estás ahí?

Después de esta breve conversación, y tal y como se cuenta en el libro, los jóvenes intentaron contactar con la entidad repetidas veces. Finalmente, algo decepcionados, decidieron recoger todo y marcharse.

Cuando bajaban por las escaleras uno de ellos profirió un grito. Desde la ventana todos vieron una luz que aparecía de la nada y se posaba directamente sobre uno de los laterales del patio. Supieron que se trataba de la «señal» de la que había hablado la entidad. La niña estaba enterrada en ese punto del Cortijo Jurado.

COMIENZA LA INVESTIGACIÓN

Estas historias, que parecen sacadas de una novela, ganan credibilidad gracias a las investigaciones de expertos que decidieron recabar más información sobre el lugar.

Uno de ellos, llamado José Manuel Frías, descubrió mediante archivos históricos y policiales que entre 1890 y 1920 varias jóvenes de entre dieciocho y veinte años habían desaparecido en extrañas circunstancias del pueblo de Campanillas. Y que sus cuerpos se habían descubierto cerca del río, a muy pocos metros del Cortijo Jurado.

A partir de ahí los investigadores pasaron entonces a la siguiente fase: preguntar en la localidad por las leyendas locales. Y ahí comenzaron a encajar las piezas.

LA LEYENDA DEL CORTIJO JURADO

En Campanillas se contaba que el Cortijo lo construyó entre 1830 y 1840 la familia Heredia. Una familia burguesa de La Rioja que supo labrarse fortuna en Málaga. Manuel Agustín Heredia llegó a la localidad en 1801 siendo huérfano y fue capaz de salir adelante traficando con mercancías entre Málaga y Gibraltar, hasta que consiguió formar parte de las sociedades industriales. A partir de ahí, su dinero y su reputación empezaron a mejorar.

Según se cuenta, en uno de estos viajes conoció a Martín Larios —primer marqués de Larios y miembro de una de las familias más poderosas de España— que dirigía un negocio de exportación de mercancía agraria y de bodegas entre Madrid y Gibraltar.

Debido a su amistad, entre 1830 y 1840 se instalaron juntos en esa loma cercana a Campanillas, a las afueras de Málaga, donde los Heredia construyeron el Cortijo Jurado. A dos kilómetros, los Larios se instalaron en el Cortijo Colmenares.

En Campanillas se comentaba que ambas familias practicaban la masonería, algo mal visto en la sociedad de la época. A grandes rasgos, la masonería es una corriente filosófica y religiosa que busca el desarrollo personal de cada individuo. Creen en el Gran Arquitecto del Universo, un ser supremo que puede o no coincidir con el de otra religión o ser el dios de todas, pues cada masón puede darle la interpretación que quiera.

Se supone que los masones se reúnen cuatro veces al año en ceremonias secretas en las que se hace un ritual de iniciación para los nuevos miembros. Estos deben ser invitados expresamente por otro integrante, ya que todo lo que tiene que ver con la masonería debe quedar siempre en el más estricto de los secretos.

Hay quienes piensan, incluso, que entre los masones ha habido personas muy importantes, como empresarios, altos cargos públicos o políticos. Y que, en su etapa de mayor esplendor, este grupo llegó a controlar parte del mundo.

En el pueblo se creía que los Heredia y los Larios eran masones, pues en sus dos haciendas se organizaban grandes reuniones más o menos cuatro veces al año a las que acudían personajes muy poderosos e influyentes de Málaga.

Se decía que el Cortijo Jurado y el Cortijo Colmenares estaban unidos por largos pasadizos y que, durante días, los invitados de estas dos nobles castas se alojaban en el Cortijo Colmenares y después pasaban a hacer las reuniones secretas en el Cortijo Jurado.

A estos rumores se sumaba otro, el de que los Heredia no solo eran masones, sino que formaban parte de una secta satánica. Cuando los Larios y el resto de los invitados llegaban a su caserío a través de los pasadizos, no solo era para realizar una reunión masónica, sino también para llevar a cabo rituales satánicos con los que podrían estar relacionadas las desapariciones de las jóvenes entre 1890 y 1920.

Según cuenta la leyenda, esto pudo seguir pasando hasta 1925, cuando los problemas económicos de los Heredia los obligaron a vender el cortijo precisamente a los Larios, quienes podrían haber continuado con estos rituales satánicos hasta 1952. En ese año, la familia Quesada compró el terreno, aunque nunca llegó a ocuparlo por motivos que se desconocen.

VOCES, SUSURROS Y SOMBRAS

Los rumores sobre entidades que habitan el lugar no son solo recientes. Se dice que, durante la Guerra Civil, el Cortijo fue escenario de multitud de fusilamientos y llegó a servir como hospital provisional de soldados heridos, además de convertirse en calabozo y lugar de tortura para los enemigos. Pero incluso en aquella época, algunos soldados acabaron abandonando completamente el cortijo porque decían escuchar voces durante las noches o pasos que se acercaban a sus armas. También aseguraban que, en el sótano —lugar donde descansaban algunos enfermos—, resonaban risas entre los muros de la casa que despertaban a más de un hombre, muerto de miedo.

Tras tantos años y siglos de leyendas circulando alrededor del cortijo, algunas personas decidieron coger martillos, palas y otras herramientas para bajar a los túneles y saber hasta dónde llegaban. Sin embargo, se encontraron todos los pasadizos tapados por un gran muro de hormigón. Y aunque intentaron derribarlo, fue imposible. Por más que rompían la pared a martillazos, el muro de hormigón se extendía más y más. Era como si las familias que antiguamente vivían en aquella casa hubiesen sentido la necesidad de esconder hasta dónde llegaban esos túneles. Sin duda es un secreto que se llevaron a la tumba, porque hoy en día sigue sin saberse con exactitud hasta dónde llegan esos tenebrosos pasadizos del Cortijo Jurado.

HISTORIA REAL TRAS LOS RUMORES

El misterio que rodea el Cortijo Jurado y las numerosas experiencias paranormales que han vivido investigadores y curiosos a lo largo de la historia, ha manchado la historia de las familias Larios y Heredia y las ha dibujado como personas siniestras y oscuras. Pero ¿hasta dónde llega la leyenda y hasta dónde llega la historia real?

Buscando en diferentes registros acerca de las familias que ocuparon el Cortijo Jurado, es cierto que tanto los Larios como los Heredia eran de La Rioja y acabaron instalándose en Málaga, pero no se conocieron hasta mucho más tarde del momento en el que, supuestamente, acontecieron los hechos.

Lo que se sabe de la familia Larios es que sus antepasados eran de Logroño, La Rioja. Pablo Larios, padre de Martín Larios, tenía negocios de exportación de productos a Gibraltar y posteriormente creó grandes bodegas para seguir ampliando el negocio familiar. No fue hasta comienzos del siglo XIX, poco antes de la invasión francesa, cuando Pablo Larios se mudó a Málaga junto a sus hijos.

Sin embargo, el negocio familiar implicaba muchos viajes y esto suponía un gran esfuerzo para el padre, que ya era mayor. Fue entonces cuando los hermanos tomaron el control del negocio: dos de ellos permanecieron en Málaga, mientras que Martín Larios se fue a Cádiz con el cuarto hermano para seguir con la exportación de productos.

En el año 1831, Martín Larios se asentó finalmente en Málaga. Debido a la difícil situación del momento y al fallecimiento de alguno de los hermanos, la sostenibilidad del negocio se hizo cada vez más complicada. Martín Larios decidió entonces abrir su propio negocio en Málaga: se centró en la industria textil basándose en un modelo de negocio bastante novedoso surgido tras la Revolución Industrial británica. Por aquel entonces, Martín Larios recibió el título de primer marqués de Larios, cosa que aumentó su prestigio. A partir de ahí comenzó a tener contacto con grandes figuras de Francia e Inglaterra, que lo ayudaron a expandir considerablemente su negocio.

En el año 1848, la familia Larios creó el Banco de Málaga, respaldado por todas sus empresas familiares anteriores. De ese modo, consolidó aún más su fortuna.

La historia de los Heredia también empezó en La Rioja. En 1801, el mismo año en que nació Martín Larios, Manuel Agustín Heredia viajó desde La Rioja a Málaga con tan solo quince años.

En una España paralizada por la guerra de la Independencia, en la que escasean todo tipo de productos, Manuel Heredia se introdujo en el contrabando de productos a Gibraltar. Traficaba con frutos secos, vino o minerales, mercancías que vendía a un precio muy barato. En poco tiempo, pasó de ser un don nadie a convertirse en uno de los hombres más ricos del país.

Años más tarde contrajo matrimonio con Isabel Livermore Salas, miembro de una familia de ricos comerciantes ingleses. Esta unión afianzó su estatus como una de las familias más poderosas y adineradas del momento.

Se cree que, durante sus idas y venidas a Gibraltar, Heredia pudo conocer a Larios. Ambos entablaron una estrecha amistad y llegaron a colaborar profesionalmente.

Las dos familias compartían apellidos prestigiosos, linajes poderosos y adinerados, vínculos comerciales y orígenes comunes. Motivos suficientes para forjar una estrecha relación, hasta el punto de que decidieron mudarse a unas lujosas casas muy cercanas entre sí.

Pero más allá de la historia de las dos familias, hay un dato que llama la atención y que desmonta el argumento principal en torno al cual gira la leyenda. En los años en que fueron encontrados los cadáveres de estas jóvenes, más o menos desde 1890 hasta 1920, tanto Martín Larios como Manuel Agustín Heredia ya habían fallecido, por lo que no podrían haber sido los culpables de esos crímenes. También es cierto, por otro lado, que hay quien señala no solo a Martín Larios y a Agustín Heredia como únicos culpables, sino a ambas familias. Pero eso, por ahora, solo son rumores.

DESPUÉS DE LOS HEREDIA Y LOS LARIOS

Mucho tiempo después, en 1975, la familia Vega-Jurado, quienes le dieron su nombre al cortijo, compraron el enorme caserón.

Fue a partir de la primera década de 2000 cuando llegó el grupo Mirador con la intención de convertir este lugar en un hotel de lujo, pero tras la fuga de sus obreros a causa de acontecimientos paranormales que les impedían trabajar, el proyecto quedó abandonado hasta 2014, momento en el que una segunda empresa intentó retomarlo. Sin embargo, también fracasó.

Lo curioso durante esta segunda reforma es que el equipo de trabajo encontró unos antiguos manuscritos con estas aterradoras palabras:

LA PESADILLA VIENE.
TODOS MORIRÁN.

Actualmente, lo único que queda del Cortijo Jurado es su imponente arquitectura y una pintura rosácea, a causa de uno de los intentos por remodelar el sitio, que poco tiene que ver con su truculento pasado. Pero eso no quita que sus grandes muros de hormigón, que se pueden ver a kilómetros de distancia, continúen levantándose igual de imponentes que por aquel entonces. La profundidad de sus grandes salas y pasillos, ahora totalmente vacíos y abandonados, se ha convertido en la cuna de numerosas entidades que quedaron ancladas al pasado.

EL CAMPING DEL INFIERNO

La explosión que provocó un camión cisterna en la N-340 a la altura del camping de Los Alfaques sigue siendo considerado el peor accidente de tráfico de la historia de España. Más de doscientos muertos y casi setenta heridos hicieron de aquel lugar un sitio donde, todavía hoy, los ecos del pasado continúan resonando por el valle.

11 de julio de 1978. Un camión sobrecargado de propileno circula por la carretera N-340 a la altura de Tarragona. A unos cuantos kilómetros, en el camping de Los Alfaques en Alcanar, cerca de ochocientas personas disfrutan de sus vacaciones, una cifra récord en la historia del camping.

Cerca de las dos y media de la tarde, el olor de la comida al aire libre inunda la explanada y se mezcla con el del mar. Sobre el terreno costero se extienden multitud de caravanas y tiendas de campaña. La música, las voces de los niños jugando y las charlas entre los adultos hacen del camping un lugar idílico para pasar unos días de desconexión y relax.

Todo cambia en menos de un segundo. El camión que circulaba por la carretera N-340 estalla. El gas en estado líquido que transporta entra en contacto con el aire, formando una nube incandescente que hace aumentar la temperatura por encima de los 1.000 ºC.

Rápidamente la nube alcanza el cámping, y los pocos supervivientes presencian un escenario aterrador. Absolutamente todo es pasto de las llamas. Se escuchan los gritos de personas que corren desesperadas hacia la playa para apagar el fuego que les abrasa la piel, sin ser conscientes de que la orilla ha alcanzado una temperatura de más de 2.000 ºC.

El antiguo propietario del camping, a quien afortunadamente no ha alcanzado la nube inflamable, corre desesperado entre las cenizas. El hombre intenta ayudar a los supervivientes en vano. Nadie sabe qué hacer ni cómo actuar frente a una estampa que se asemeja al mismísimo infierno.

EL PEOR ACCIDENTE DE TRÁFICO DE LA HISTORIA DE ESPAÑA

La tragedia de Los Alfaques acabó con la vida de 215 personas, de las cuales 158 murieron en el acto, y dejó 67 heridos que fueron trasladados de urgencia a hospitales cercanos. Los supervivientes tuvieron que hacer frente a la pérdida de amigos y familiares que perecieron en el accidente.

El Tribunal de Tarragona concluyó que la principal causa del accidente fue la sobrecarga de propileno. El camión tenía una capacidad para 19,4 toneladas, pero esa tarde de julio llevaba alrededor de 23,5. Además, carecía de válvula de alivio de la presión. Esos dos hechos bastaron para que el vehículo estallara y se partiera en dos: la parte delantera voló hacia la carretera y la de atrás aterrizó en un restaurante situado a doscientos metros del accidente.

La explosión redujo a cenizas una tercera parte del camping e hizo explotar vehículos y bombonas de butano.

En las primeras horas tras el accidente, miles de llamadas telefónicas colapsaron las centralitas de las clínicas, los gobiernos y los hoteles. La mayoría de ellas procedían del extranjero, pues buena parte de las personas que disfrutaban del camping de Los Alfaques eran de nacionalidad francesa, belga, holandesa y alemana. La compañía multinacional Telefónica habilitó varias líneas para atender las numerosas llamadas.

Pasaron meses e incluso años, hasta que la mayoría de los cuerpos —excepto dos— fueron identificados a partir de la dentadura y los huesos: fue lo único que quedó de muchas de las víctimas que perdieron la vida en la tragedia.

LAS ALMAS PERDIDAS DE LOS ALFAQUES

Este fatídico episodio que marcó la historia del país se fue difuminando con el paso del tiempo. Tan solo familiares y personas cercanas a las víctimas parecían recordar lo que había ocurrido aquel 11 de julio de 1978 hasta que, años más tarde, empezaron a surgir rumores sobre apariciones fantasmales, energías y susurros que permanecían en aquel lugar, donde todavía gran parte del terreno seguía calcinado.

Aunque no se sabe a ciencia cierta cuándo surgieron los primeros testimonios, hay quienes afirman que fue en 1980. La gente hablaba de extraños sucesos y psicofonías que atrajeron a más de un investigador y experto en lo paranormal para comprobar si lo que se rumoreaba sobre el paraje era cierto.

Una de las experiencias más conocidas, hasta el punto de que incluso saltó a los medios, fue la de Javier Martín Moraleda, un hombre que se consideraba totalmente escéptico hasta que pudo ver con sus propios ojos el horror vivido en el accidente del camping de Los Alfaques.

La madrugada del 19 de agosto de 2004, Javier conducía desde Peñíscola dirección Tarragona junto a su mujer y su hija. Ambas iban dormidas en sus respectivos asientos mientras él se entretenía escuchando la radio.

Cuando el vehículo circulaba por la carretera N-340 a la altura del antiguo camping, Javier vio unas figuras a un lado de la carretera. El suyo era el único coche que recorría la calzada a esa hora, así que redujo la velocidad para ver qué pasaba.

Los faros del automóvil no tardaron en iluminar a las siete u ocho personas que estaban de pie cerca del arcén. Algunas estaban inmóviles como estatuas, mientras otras seguían con la mirada el coche de Javier o mantenían la vista fija en el camping.

Allí había mujeres, hombres y niños, todos vestidos con ropa de verano: camisetas, pantalones cortos, sandalias... Lo extraño era que ninguno tenía una linterna o algo con lo que iluminar la zona. Tampoco parecían estar disfrutando de una excursión nocturna. Javier se fijó en la última persona del grupo, un hombre con un gorro de pescador y un cubo de playa en la mano. Cuando se giró, Javier se dio cuenta de que no tenía rostro. La cara del hombre era totalmente negra, como si estuviera quemada.

Javier pisó el acelerador y se alejó de allí lo más rápido que pudo, dejando a esas personas sumidas de nuevo en la oscuridad. ¿Qué era lo que acababa de ver? No daba crédito... ¿Esas personas eran reales o había sido todo una alucinación?

Cuando llegaron a su destino, Javier le contó a su mujer lo que había presenciado en la carretera N-340 y, tras escuchar atentamente sus palabras, ella le habló del accidente que había ocurrido allí años atrás y le dijo que, quizá, lo que había visto eran las almas de las víctimas de aquella tragedia.

DILIGENCIAS OFICIALES SOBRE FENÓMENOS EXTRAÑOS EN LA ZONA

Si a estas experiencias paranormales que giran en torno a Los Alfaques les sumamos hasta tres diligencias oficiales de la Guardia Civil sobre fenómenos extraños en la zona, la historia cobra más peso todavía.

Una de las más conocidas es la que el periodista Javier Pérez Campos recoge en su libro *Los ecos de la tragedia*, dedicado a lo ocurrido en el camping de Los Alfaques. En dicho libro habla de las experiencias de los supervivientes y de los hechos extraños que han vivido numerosas personas que han recorrido la zona.

Buenas tardes. Me llamo Daniel, soy guardia civil, y hace unos años fui testigo junto a una compañera de algo muy extraño en el antiguo camping donde estuve destinado.

Así empieza uno de los testimonios de la Guardia Civil, quizá el más conocido, sobre lo sucedido en el antiguo camping de Los Alfaques. Ocurrió en febrero de 2010, cuando él y su compañera María fueron enviados a vigilar la zona, a menudo frecuentada por traficantes de droga.

Llevaban algo más de dos semanas controlando el lugar, cuando presenciaron algo que jamás supieron explicar.

A altas horas de la madrugada, mientras los dos agentes vigilaban la zona con la cámara de visión nocturna, se les apareció en la pantalla la figura difusa de una mujer y una hija cogidas de la mano. Las dos siluetas caminaban por la orilla, observando el paisaje, algo extraño a esas horas de la noche en que reinaba la oscuridad.

Ambas vestían ropa de verano, a pesar del húmedo frío invernal de la costa, que cala hasta lo más profundo de los huesos. Lo más curioso es que el sensor no captaba calor en ninguno de los cuerpos. Aparecían de color azul, totalmente fríos, cuando lo normal es que cualquier ser vivo aparezca de colores anaranjados y rojizos a través de las cámaras térmicas.

Extrañados, los dos agentes bajaron del coche, cogieron las linternas y caminaron hasta el punto en cuestión, pero cuando llegaron allí no había nadie. El lugar parecía llevar unas cuantas horas solo, deshabitado. Ni siquiera en la arena había huellas ni de la madre ni de su hija; pero los dos agentes eran muy conscientes de lo que habían visto.

EL NIÑO DEL POLO

La experiencia de los dos agentes hizo saltar las alarmas a un hombre, superviviente de la tragedia, que aquella fatídica tarde había perdido a toda su familia. Entre ellos, a su madre y su hermano pequeño, cuyo cadáver fue identificado dos años después, a través del análisis de la dentadura y del tamaño aproximado del cuerpo.

Quizá el nombre de Julio no les suene a aquellos que no siguieron el accidente de cerca, pero si nos referimos a él como «el niño del polo» quizá les suene más.

El verano del 78, cuando Julio tan solo era un niño, fue con su familia al camping a pasar unos días. En el momento del accidente el pequeño Julio iba a comprar un helado, de ahí el nombre del niño del polo. Lo más sorprendente es que, aunque le alcanzó la nube de propileno, salió totalmente ileso: parecía un milagro.

Él mismo contactó con el programa de televisión *Cuarto Milenio* para contar su experiencia:

> El día de la tragedia estaba en pleno camping, en el lugar donde cayó la carga. A mi alrededor había mucha gente ardiendo, algunos pidiendo ayuda y otros ya calcinados en el suelo. Hubo incluso una lluvia de fuego, por el propileno que caía ya ardiendo tras la explosión de la cisterna. Y no me alcanzó ni una llama. Para que te hagas una idea, estaba a solo diez metros de donde explotó la cisterna.

La única explicación que supieron darle es que el material del chaleco salvavidas que llevaba puesto estaba hecho del mismo que el gas que transportaba el camión. Esto hizo que se produjera una especie de repulsión magnética, algo parecido a lo que ocurre con los imanes y su campo magnético que, cuando los polos son iguales, se repelen.

Quizá eso explique también por qué en algunos sitios había bote-
llas de plástico en perfectas condiciones y, al lado, barras de hierro
fundido.

Al enterarse de la experiencia paranormal que vivieron los guardias
civiles Daniel y María, Julio llegó a pensar que podía tratarse de uno de
sus hermanos pequeños y de su madre, que habían muerto en el accidente junto al resto de su familia.

No sabe explicar por qué; pero en cuanto escuchó la noticia, un pál-
pito dentro de él le dijo que esas dos figuras que habían visto los agentes eran los espíritus de su madre y de su hermano pequeño.

EN LA ACTUALIDAD

El llamado camping de Los Alfaques sigue recibiendo numerosas familias y turistas que quieren disfrutar del sol y la playa cuando llega el
buen tiempo.

Tras el incendio y la destrucción que provocó la explosión, los dueños del terreno decidieron levantar un nuevo lugar de vacaciones más
moderno. Sin embargo, más allá de la maravillosa playa, las palmeras y
las vistas a la montaña, existen numerosas personas que han visto, escuchado o sentido cosas cerca de allí. Testimonios a los que se les suman otros y que nos recuerdan que en ese camping todavía quedan
restos del horror que se vivió allí no hace mucho tiempo.

UNA HABITACIÓN CERRADA A CAL Y CANTO

Hay que tener mucho valor o muy poca fe en lo paranormal para alojarse en la habitación 712 del Parador de Cardona, un antiguo castillo medieval convertido en hotel. Entre los golpes, las luces parpadeantes y las apariciones de un ente, la dirección del hotel ha tenido que hacer tantos *checkouts* en plena madrugada que ha decidido cerrar a cal y canto esta habitación.

A unos cien kilómetros de Barcelona, se halla la ciudad medieval de Cardona. Entrar en el casco antiguo de esta villa, declarado Bien Cultural de Interés Nacional, es como sumergirse completamente en el Medievo. Pero si algo destaca entre su verde paisaje es su imponente castillo del siglo XI reconvertido en 1976 en el Parador de Cardona. Un hotel con todas las comodidades modernas pero que permite viajar mil años en el tiempo.

LA LEYENDA DE LOS AMANTES DE CARDONA

En pleno siglo XI todo el país se encontraba sumido en el conflicto entre cristianos y musulmanes, pero concretamente en Cataluña se vivía una de las etapas más cruentas de la Reconquista.

Ante semejante situación, el vizconde de Cardona, Ramón Folch, decidió invitar al príncipe musulmán Abdalá a las fiestas del pueblo para mejorar las relaciones entre ambos y llegar a algún acuerdo que evitara una guerra y muertes innecesarias.

El príncipe aceptó la oferta y se presentó esa noche en el castillo de Cardona, donde hubo un suculento banquete y una buena fiesta. Pero

nada le pareció tan deslumbrante como Adalés, la preciosa hija del vizconde.

Los jóvenes se enamoran perdidamente, pero siendo ella cristiana y él musulmán, la única opción para mantener su amor era verse a escondidas. No mucho tiempo después, el vizconde lo descubrió todo: a Abdalá le declaró la guerra y a su hija la encerró en la torre más alta de su castillo, la Torre de la Minyona, a pan y agua.

La leyenda dice que cuando Folch decidió liberar a su hija, ya era demasiado tarde, pues había muerto de soledad y de tristeza.

LA HABITACIÓN MALDITA

Parece una macabra casualidad que, de vuelta a este siglo, la habitación del Parador de Cardona que mayores sucesos paranormales registra, sea precisamente la 712, la más cercana a la Torre de la Minyona.

La mayoría de los huéspedes que se han alojado allí aseguran que es casi imposible conciliar el sueño debido a los extraños sucesos que se dan en la estancia durante la noche: golpes en las paredes, ruido de corrimiento de muebles en la habitación de arriba aunque permanezca vacía, luces parpadeantes e incluso grifos que se abren solos.

Sin embargo, uno de los sucesos esotéricos más extraños que se reportan en la 712 es que cuando los huéspedes regresan a la habitación después de alguna actividad, se encuentran todo el mobiliario justo en el centro, formando un extraño círculo.

Aquellos viajeros que sí consiguen dormir sufren ataques paranormales aún peores. Sienten que alguien les susurra cosas macabras al oído y dicen tener unas pesadillas horribles. Pero lo más extraño es que cuando despiertan en medio de la noche, sobresaltados por los malos sueños, se encuentran con un ente, el fantasma de un joven vestido con ropajes medievales, que los observa desde una esquina.

Y los huéspedes no son los únicos que temen a la habitación 712. Cuando el personal de limpieza tiene que entrar en esta estancia lo hace siempre en parejas: nadie entra solo en la 712.

UNA DRÁSTICA SOLUCIÓN

La propia dirección del hotel reconoce estos sucesos paranormales. Confirman que en tan solo cuatro años han tenido que cambiar la mampara del baño en nueve ocasiones, porque suele estallar cuando la estancia está vacía. Reconocen que los animales, sobre todo los perros, se niegan a entrar no solo en la habitación, sino en toda esa planta.

Aseguran que son muchos los huéspedes que han pedido cambiarse de habitación en plena madrugada porque no podían soportar los golpes, los ruidos y las apariciones. De hecho, fueron tantos los que se quejaban de todo esto que el hotel tomó una drástica decisión: nadie se aloja en la 712 a menos que lo pida expresamente. Aunque, desde luego, no lo recomiendan.

UN CÉLEBRE FANTASMA

A veces, las historias más misteriosas de un teatro suceden tras el escenario. Es el caso del Teatro Cervantes de Almería, donde un terrible crimen marcó las tablas para siempre y el fantasma de una de sus más célebres actrices parece recorrer cada una de sus butacas...

El Teatro Cervantes se inauguró en 1921. Algunas crónicas de la época sugieren que se construyó sobre un cementerio árabe, en medio del furor modernista que buscaba renovar una ciudad aún encerrada tras las murallas de la Alcazaba. Eran los felices años veinte en Almería: la burguesía disfrutaba escuchando óperas y zarzuelas y bailando el charlestón en refinadas fiestas, y la ciudad quería emular el ambiente de ocio y entretenimiento de otras capitales del país.

Desde ese mismo momento se convirtió en el centro del ocio burgués almeriense, pero fue en 1922 cuando despertó el interés popular: la gran Conchita Robles iba a pisar su escenario.

LA VUELTA DE LA ARTISTA PRÓDIGA

«Concepción Robles Pérez, el nombre real de Conchita Robles, era una actriz almeriense que volvía a la ciudad después de haber triunfado en Madrid. Y no lo hacía para representar una obra cualquiera, sino *Santa Isabel de Ceres*», cuenta el investigador paranormal almeriense Diego Fernández.

Una obra que mostraba a las prostitutas de un burdel contando las historias de los hombres más viciosos que las visitaban. Y eso, en la España católica y puritana de la época, resultaba inmoral. Muchos intentaron censurar la obra, pero eso no hizo más que acrecentar el morbo. Por eso, la noche del 21 de enero de 1922 el teatro estaba a rebosar: todos querían ver la polémica obra y a la talentosa Conchita Robles.

UN TERRIBLE CRIMEN MACHISTA

En esa época, Robles se estaba separando de su marido Carlos Verdugo, un guardia civil. Era un hombre extremadamente celoso y violento, que la había maltratado en alguna ocasión y no soportaba verla con otros hombres, ni siquiera en escena. Por eso la actriz pidió expresamente que le prohibieran la entrada al teatro esa noche. «Pero Verdugo logró colarse engañando a los teloneros», explica Fernández.

Robles acudió al teatro armado con una pistola y se escondió tras el escenario. La magnífica Conchita Robles estuvo en escena durante el primer acto, pero en cuanto volvió a los vestuarios se encontró con su marido apuntándole con una pistola y completamente fuera de sí.

«Conchita nunca creyó que él fuera a disparar, por eso colocó delante a Manuel Aguilar, un chaval de dieciséis años que se encargaba de la cartelería y de atender a los artistas. Pero Verdugo apretó el gatillo: disparó tres veces. Conchita Robles murió en el acto y Aguilar, camino del hospital», confirma el investigador paranormal.

Carlos Verdugo intentó suicidarse de un disparo, pero solo perdió el ojo derecho. Al entierro de la actriz acudieron más de quince mil almerienses, ansiosos por demostrar su cariño.

EL FANTASMA DE UNA ACTRIZ

Desde entonces se empezaron a registrar diversas apariciones de una bella figura de mujer que llevaba un pañuelo en la cabeza igual que el que portaba Robles en su última obra. Un ente que aparecía y desaparecía del escenario y de las butacas del teatro.

El primer testimonio en salir a la luz fue el de Jesús, un operador que trabajaba en las salas de cine que se abrieron en el teatro. Jesús se encontraba afeitándose en el baño, muy cerca del lugar en el que había muerto Conchita. Cuando levantó la cabeza hacia el espejo, vio claramente como justo encima de él se reflejaba una figura de mujer con un pañuelo en la cabeza. La visión desapareció al cabo de pocos segundos.

Días más tarde, mientras estaba en el gallinero esperando el momento de proyectar la película, vio a ese mismo ente sentado en una de las butacas. El hombre corrió a preguntarle al conserje si alguien había entrado antes de tiempo, pero su respuesta fue negativa. Jesús se había cruzado nada más y nada menos que con el fantasma de Conchita Robles.

Y el de la actriz no es el único fantasma célebre que parece recorrer el teatro para luego desaparecer en la nada. Son muchos los que aseguran haberse encontrado con un ente oscuro al que le faltan un brazo y la parte inferior del cuerpo. Y, por su elegante y arcaica forma de vestir, muchos lo identifican como Manuel Orozco, antiguo dueño del Teatro Cervantes.

TRABAJADORES ATERRORIZADOS

Desde entonces, en el Teatro Cervantes se han grabado psicofonías, sonidos de pasos y de corrimiento de muebles cuando no había nadie dentro. También se han registrado bruscas bajadas de la temperatura.

Manuel Tripana, otro empleado del teatro, aseguró haber escuchado susurros y pasos que recorrían el piso superior, y haber visto luces que se encendían por sí solas. Una noche en la que se encontraba solo en el teatro, lanzó una pregunta al aire, cansado de escuchar golpes y susurros.

«¡Si hay alguien aquí, que me mande una señal!», gritó.

Como respuesta, una silla que colgaba de una cuerda entre bambalinas comenzó a girar sobre sí misma cada vez más rápido, como si alguien le estuviera dando vueltas.

Marcelo, un trabajador brasileño del Cervantes, prefirió abandonar su puesto para siempre a seguir soportando los ataques paranormales que sufría: le desaparecían las herramientas, las puertas se cerraban a su paso dejándolo encerrado en salas solitarias... La gota que colmó el vaso fue que el cuadro de sonido se abalanzó sobre él, como si alguien se lo hubiese lanzado directamente a la cara.

EL AHORCADO

Por si fuera poco, en los años cuarenta hubo otra muerte traumática. Un tramoyista se ahorcó colgándose de una de las cuerdas del escenario, de las que antiguamente sujetaban el telón.

«Uno de los actuales trabajadores del teatro me ha asegurado que mientras estaba preparando una función junto a sus compañeros, tenían una silla atada precisamente a esa cuerda. De repente, sin que nadie tocase nada, la silla comenzó a moverse, a subir y bajar como si alguien tirara de la cuerda y la soltara», cuenta Diego Fernández.

Este testimonio confirma que los hechos paranormales del Teatro Cervantes no son solo una leyenda, sino que siguen ocurriendo en la actualidad. Es un lugar donde varios espíritus se agolpan tras muertes trágicas, donde los empleados tienen que soportar que los objetos se muevan solos, los actores escuchan ruidos inexplicables y los espectadores dicen sentirse constantemente observados por una figura misteriosa, quizá la de la propia Conchita Robles.

Así lo define el investigador paranormal: «Yo he paseado por sus tablas absolutamente solo en una tarde noche de verano y es verdad que su aura es diferente. Almería tiene muchos sitios encantados, pero este es distinto».

LAS SOMBRAS DEL HOSPITAL

Un lugar en el que se juntan la miseria, la enfermedad
y el sufrimiento de todos aquellos a los que pudieron atender
de forma altruista las hermanas de la Caridad. Unos hechos
que se han traducido en ataques paranormales hacia
trabajadores que conviven cada noche con
sombras, golpes y fantasmas...

A lo largo del siglo XIX España sufrió varias epidemias de cólera de gran
virulencia. Solo en su primera oleada, la enfermedad se llevó la vida de
trescientas mil personas. Para hacerle frente, la ciudad de Cáceres abrió
en 1890 el Hospital Virgen de la Montaña: el primer hospital público de
la zona, con abundante personal y muchos recursos.

«Albergó a muchas personas marginales. Además de a los enfermos
de cólera, las hermanas de la Caridad atendían a niños expósitos, que
luego criaban las novicias, alcohólicos, personas sin recursos, dementes,
prostitutas y, en las doce celdas de los sótanos, incluso a presidiarios.
Y por esta labor es un lugar especialmente querido por los cacereños»,
cuenta Gonzalo Parra, el escritor e investigador del misterio que más ha
estudiado el Virgen de la Montaña.

Después de eso, el hospital sirvió como cuartel en la Guerra Civil y
se rehabilitó en el año 2020 para hacer frente a una nueva pandemia, la
del coronavirus.

«Es un lugar que ha encerrado miseria y pobreza. Y allí donde ha
habido tragedias y sufrimientos mantenidos en el tiempo se dan fenómenos paranormales», asegura Parra.

UN REPORTAJE DEL MÁS ALLÁ

Durante su reciente remodelación, el fotoperiodista Lorenzo Cordero, del diario *HOY*, entró en el Hospital Virgen de la Montaña para grabar un reportaje sobre el COVID-19.

Grabé con tranquilidad. Como el hospital estaba a medio preparar, solo había camas, nada eléctrico podía provocar interferencias. Pero cuando me puse a preparar el vídeo en la redacción, me di cuenta de que en dos o tres cortes del vídeo se escucha un zumbido de fondo. El típico ruido de una interferencia causada por un aparato electrónico, pero allí no había nada.

Extrañado, el fotógrafo comentó este tema con uno de los vigilantes del hospital, quien no tardó en decirle que las experiencias paranormales eran muy comunes allí. Él mismo había tenido una, según cuenta Parra:

En una de sus rondas en el turno de noche, este vigilante se cruzó por el pasillo con una monja de la Caridad, a la que reconoció como tal por las grandes alas de su toca. La mujer le dio las buenas noches e incluso notó el roce de su codo contra el suyo cuando se cruzaron. Un segundo después cayó en la cuenta de que hacía décadas que no había monjas en el hospital, y menos a esas horas. Pero cuando se dio la vuelta para buscar a la figura y comprobarlo, ya había desaparecido. Entre los compañeros del turno de noche comentan que cruzarse con el fantasma de la monja es algo muy común desde el año 2012, cuando empezaron los fenómenos paranormales.

ZONAS CALIENTES

Los hechos paranormales ocurren en todo el hospital. Prueba de ello es una ocasión en la que varios celadores se pasaron toda una noche cerrando las ventanas de todas las plantas, que se abrían solas a un ritmo

rapidísimo. Pero hay algunas «zonas calientes» en las que estos fenómenos se presentan de forma reiterada y con más fuerza, como la zona de quirófanos. Allí es común la aparición del fantasma de un caballero que saluda a las enfermeras, o que los celadores corran por el pasillo en busca del origen de voces que les susurran en el oído, e incluso que los médicos y cirujanos vean apariciones en los quirófanos, aunque no suelan hablar de ello. La experiencia más impactante, sin embargo, es la de una jefa de celadores.

«Se encontraba sobre las dos de la mañana en la sala de lencería, colocando la ropa, cuando apareció ante ella la figura de un caballero de gesto grave que desprendía una inmensa tristeza. Sin más pasó por delante de ella, a través de unos cristales. Ella se dio cuenta inmediatamente de que no era una figura física. No solo porque era imposible que estuviera allí a esas horas, sino por la sensación», cuenta Parra.

UN CUERPO, LA VENTANA AL OTRO LADO

Sin embargo, el investigador del misterio Gonzalo Parra ha conseguido uno de los testimonios más sobrecogedores del Hospital Virgen de la Montaña: el de una trabajadora de la limpieza que ha tenido que pedir la baja a causa de los fenómenos paranormales.

Esta mujer, que ha preferido mantenerse en el anonimato, volvió a trabajar en el hospital en 2011, tras una excedencia de cinco años, justo cuando empezaron a reportarse los fenómenos paranormales. Enseguida notó que el ambiente había cambiado: discusiones, gritos, una convivencia difícil... «Era como si al edificio lo hubiera poseído una energía negativa», aclara Parra.

Pero, para ella, hubo un suceso que marcaría un antes y un después, algo que la hizo creer en lo paranormal.

Una noche, la mujer pasó por la puerta de una habitación para limpiarla. Allí se encontraba una auxiliar junto a un paciente fácilmente reconocible, ya que tenía ciertas malformaciones físicas, las facultades mentales muy menguadas y un cáncer terminal. La auxiliar le advirtió de que no se fuera muy lejos, ya que al hombre le quedaba poco tiempo y tendría que limpiar la habitación

Justo en ese momento, el pitido constante del monitor indicó que no tenía latido. Pero, sin saber por qué, la limpiadora alertó a la sanitaria de que el hombre no había muerto y, efectivamente, su corazón empezó a latir de nuevo para, unos segundos después, volver a pararse. En cuanto la línea del monitor volvió a quedar plana, una especie de frío helador le atravesó el cuerpo a la mujer con tal fuerza que acabó cayendo al suelo.

«Fue como cuando abres la ventana y, de repente, el frío te atraviesa el cuerpo», explica ella.

UNA BAJA POR FENÓMENOS PARANORMALES

Según cuenta Parra, desde entonces, esta mujer vivió seis o siete fenómenos paranormales de diferente grado. Más de una vez ha tenido que dejar de fregar sitios porque no podía con ellos. Le pasó, por ejemplo, en otro de los puntos calientes, el montacargas de la cocina que antiguamente daba al ala de psiquiatría: allí escuchó una conversación entre dos hombres cuando estaba completamente sola. En otro punto, una puerta de cristal cercana al lugar donde ella solía refugiarse para llamar a su marido, vio pasar diez o doce sombras sin forma definida en solo quince minutos. Tampoco podía relajarse en los sofás de la sala de descanso, donde algún tipo de fuerza golpeaba los respaldos cerca de su oído.

Aunque al principio intentó encontrar explicaciones racionales y ponerse excusas para no pensar que eran hechos paranormales, tuvo que dejar de negar la realidad cuando vivió algo junto a una de sus compañeras de administración.

Ambas se encontraban sentadas en la zona de admisión, hablando animadamente mientras esperaban a que se imprimieran unos documentos, cuando vieron a alguien reflejado en el cristal de la ventanilla: era un hombre muy alto, vestido con ropa oscura sobre la que llevaba una bata blanca impoluta, que desapareció ante sus ojos pocos segundos después.

Los hechos paranormales eran muy comunes entre los sanitarios. Algunos se acostumbraron, pero para ella se convirtieron en una pesadilla, en una obsesión. Cada día se la veía más menguada. De hecho, le detectaron más de cincuenta patologías: entre otras, problemas de movilidad, taquicardias, ataques de pánico o ansiedad, que ella achaca a estos fenómenos paranormales. Finalmente, tuvieron que darle la incapacidad permanente porque no podía seguir realizando su trabajo.

EN LA ACTUALIDAD

El Hospital Virgen de la Montaña sigue siendo uno de los edificios más importantes y queridos de Cáceres: allí han nacido generaciones y generaciones de cacereños. Es el hospital de referencia de la ciudad. Pero es bien sabido, por los testimonios de los sanitarios y los administrativos que trabajan allí, que es un punto negro de fenómenos paranormales.

UN HOTEL CONVERTIDO EN INFIERNO

Un terrible incendio cambió para siempre el Hotel Corona de Aragón. Pasó de ser uno de los hospedajes más lujosos del siglo XX a uno de los lugares más malditos de nuestro país. El foco de los hechos paranormales parece ser la habitación 510, donde se puede sentir el fuego en carne propia.

Es 12 de julio de 1979 en el Hotel Corona de Aragón, en el número 13 de la avenida César Augusto de Zaragoza. Los pasillos están llenos de militares y familiares que se preparan para la ceremonia de entrega de despachos en la Academia General Militar que se encuentra a unos diez kilómetros de allí. Entre los asistentes se encuentran Carmen Polo, viuda de Francisco Franco, y Cristóbal Martínez-Bordiú, marqués de Villaverde y marido de Carmen Franco, la hija del dictador.

UN FUEGO INCONTROLABLE

A las ocho y cuarto de la mañana, uno de los fogones de la cocina del hotel empieza a arder sin control. El fuego avanza de forma tan virulenta que rápidamente recorre los sistemas de ventilación hasta llegar a lo más alto del edificio. Todo es un caos: por las ventanas del hotel sale un denso humo negro, los vehículos de bomberos llegan uno tras otro y algunos huéspedes corren por los pasillos para salvarse de las llamas mientras que otros, los más desesperados, se lanzan por las ventanas.

Los bomberos tardaron más de cinco horas en extinguir las llamas y la tragedia terminó con 78 víctimas mortales y 113 heridos. La versión oficial, la que defendieron el por entonces gobernador civil de Zaragoza,

Francisco Laína, y el secretario de Estado para la información, Josep Meliá, es que se trató de un accidente.

Por su parte, la Guardia Civil confirmó que para acelerar el incendio se habían usado ciertas sustancias incendiarias, aunque no logró averiguar quién las había colocado allí. Además, un redactor de *El Heraldo de Aragón* recibió una llamada en la que la banda terrorista ETA reivindicaba el acto como un atentado contra los militares y la familia Franco. Una hora después, sin embargo, el mismo redactor recibió otra llamada en la que el Frente Revolucionario Antifascista y Patriota, un grupo terrorista antifranquista, reivindicaba el atentado. No se ha podido averiguar nada más.

ESPECTROS DE OTRA VIDA

El hotel se restauró y volvió a abrir sus puertas en los ochenta. Pero los ecos del fuego y del sufrimiento se quedaron entre sus paredes para siempre.

El caso saltó a los medios en 1981 gracias al testimonio de una azafata de la aerolínea Aviaco que se alojó en la habitación 510 del Corona de Aragón junto a sus compañeras. Era el hotel elegido por la compañía; ella no conocía su historia, pero la sintió.

> Sentí la presencia de un anciano famélico que continuamente intentaba abrir la ventana, una y otra vez. No me podía quedar dormida porque cuando estaba en duermevela, alguien se inclinaba sobre mí. Pensé que era una mala pasada de mi imaginación, pero al comentárselo a una compañera por la mañana, esta me dijo inmediatamente: «Has estado en la 510. Allí sucede algo. No eres la única que lo ha vivido».

Poco después, salió a la luz un testimonio similar de otro cliente alojado en una habitación muy cercana a la 510. A las tres de la madrugada se despertó con la incómoda sensación de que alguien lo estaba observando. Cuando abrió los ojos vio la figura de un niño agazapado bajo la mesa con una expresión de horror en el rostro.

A estos fantasmas se les conoce como espectros y se caracterizan porque repiten una y otra vez la acción que realizaron antes de morir, en este caso abrir la ventana para arrojarse al vacío o refugiarse de las llamas bajo una mesa, dado que no tienen energía suficiente como para realizar otra acción o mover objetos. Según explica la investigadora del Grupo Hepta, Sol Blanco-Soler, en su libro ¿Hay alguien ahí?:

> Los espectros representan los residuos energéticos que una persona genera mientras vive, la manifestación de una energía personal que queda suspendida en el lugar.

Además de estos, hay muchos otros testimonios que coinciden en que se pueden apreciar sombras que se lanzan al vacío por la ventana de su habitación, que los cuartos huelen a quemado, que el teléfono suena en medio de la noche, que la televisión se enciende y se apaga sola e, incluso, que se pueden oír carreras por los pasillos, aunque al abrir la puerta no haya nadie vivo. La prueba es que, si se tratara de personas físicas, las luces de sensor de movimiento se encenderían. Pero no, permanecen apagadas.

LA HABITACIÓN MALDITA 510

Aunque da la sensación de que todo el hotel parece estar encantado, el punto negro parece ser la habitación 510, la que los huéspedes tratan de evitar. Ignacio, un hombre que se alojó allí en el año 2005, cuenta su experiencia en el libro Los Otros del investigador paranormal Javier Pérez Campos. De camino a la habitación, por el pasillo, sintió como si alguien lo empujara, aunque no había nadie más que él. Ya en la 510 notó un horrible olor, una mezcla de ceniza y algo putrefacto que casi lo hizo vomitar.

> El hedor iba y venía, pero un tirador del armario quemaba tanto que se me pusieron los dedos rojos al tocarlo. La televisión se encendió sola dos veces, mostrándome el mensaje «Bienvenido al hotel». A las cinco de la mañana empezaron las llamadas a la puerta y las carreras por los pasillos, pero las tres veces que miré me pareció ver a personas que entraban y sa-

lían de las habitaciones próximas, con lo que pensé en un viaje de fin de curso. Hacia las ocho pedí otra habitación en la recepción, alejada de los de la excursión. Pero los de recepción me dijeron que esa noche había estado solo en la planta.

DORMIR EN UN INCENDIO

Que el hotel está encantado es *vox populi* en Zaragoza, incluso los taxistas de la capital admiten que han tenido que ir a recoger a huéspedes a destiempo por los incidentes paranormales. María José P. se alojó en él junto a una de sus amigas en 2012. Y ella misma contó, primero en redes sociales y luego en el programa de radio *Milenio 3,* todo lo que allí vivió.

Me quedé dormida a los diez minutos de llegar. Pero de madrugada me desperté con una sensación incómoda: tenía una quemazón en la garganta, hasta me lloraban los ojos. Encendí la luz, asustada, y descubrí que mi amiga también estaba despierta, decía que le picaba la garganta.

Era como si el humo y el olor a quemado resultante del incendio nunca se hubieran ido de la habitación. Pero había más:

A las cuatro de la mañana nos despertamos a la vez, teníamos la sensación de que no estábamos solas. Al intentar estirar una pierna, sentí que había alguien sentado a los pies de mi cama. No podíamos respirar, la ansiedad era tremenda. Fue entonces cuando, a las cinco de la mañana, comenzamos a escuchar pasos al otro lado de la puerta, como si hubiese mucha gente corriendo.

Era algo difícil a esas horas de la madrugada, pero lo era aún más si se tiene en cuenta que la habitación en la que se hospedaban, la 925, tenía un pasillo específico solo para ellas.

Lo que terminó de mosquearnos es que ninguno de nuestros amigos pegó ojo. Decían que de madrugada sonaba el teléfono y no contestaba nadie, y que a las tres empezaron a escuchar carreras por el pasillo.

Era como si los sucesos del 12 de julio de 1979 se repitieran una y otra vez.

LOS FANTASMAS
DEL PARLAMENTO DE ANDALUCÍA

Este imponente edificio sirvió hace tiempo como hospital.
Un lugar manchado por restos de dolor, enfermedad y sufrimiento que,
siglos después, continúan recorriendo los largos pasillos
del Parlamento.

El Parlamento de Andalucía es un edificio imponente de piedra oscura, con pequeñas ventanas y un pórtico que resalta por su blancura. Mucho antes de ser el Parlamento de Andalucía, sirvió como hospital.

La construcción del Hospital de las Cinco Llagas o de la Sangre se inició el 12 de marzo de 1546. Su construcción se debe a la voluntad de don Fadrique Enríquez de Ribera, que decidió alzar un nuevo edificio para albergar la fundación de caridad que en 1500 había creado su madre, doña Catalina de Ribera. Era una época dura por culpa de enfermedades y pandemias como la viruela o la peste.

En este lugar, los médicos trataban de hacer lo que podían para curar a los pacientes, aunque muchas veces no existieran los remedios adecuados. Es importante destacar que el hospital fue uno de los más modernos de su época: estaba dotado de condiciones higiénicas excepcionales como cloacas, abastecimiento de agua por medio de un acueducto y diez patios que servían para dar ventilación exterior a las habitaciones. Durante su existencia realizó una gran labor asistencial, especialmente en épocas de inundaciones o epidemias.

Por aquel entonces, las personas encargadas de hacer de enfermeras eran monjas. La mayoría de ellas eran mujeres de carácter dulce que pasaban las horas llevando sábanas, levantando enfermos, aliviando su dolor o hablando con ellos para hacerles compañía.

Sin embargo, existe constancia histórica de una enfermera diferente al resto: sor Úrsula, que atendió este hospital en los años treinta del siglo XVIII. Tenía fama de ser extremadamente dura e inflexible con las normas del recinto y de ser poco amable con los enfermos. Una mujer vetusta, de rostro arrugado y duro, con los labios siempre apretados en una mueca de disgusto.

Desgraciadamente, tras muchos años ejerciendo en el hospital, la peste se la llevó... En cierto modo. Porque, aunque ya no estaba viva, hay quienes decían que su alma continuaba anclada al hospital.

EL FANTASMA DE SOR ÚRSULA

El ambiente de algunas habitaciones se cargaba de repente, la oscuridad parecía hacerse más densa y los enfermos de la habitación se arrebujaban más en sus ropas blancas y se tapaban con la sábana para combatir el frío. En esas horas nocturnas y solitarias es cuando empezaban a escuchar algo.

El tintineo de unas llaves al final del pasillo, que se iba acercando hasta la habitación, seguido del sonido de pasos y del arrastrar del hábito contra el suelo. A continuación, lo que veían los enfermos era la imponente figura de sor Úrsula delante de sus camas, con su impasible expresión de disgusto.

Entonces, a los enfermos solo les quedaba gritar. La mayoría de ellos conocía la leyenda: aquel que veía a sor Úrsula era el siguiente en morir. De hecho, llegó a ser tan popular que se la denominó la parca del Hospital de las Cinco Llagas.

En la década de los setenta, la última en la que el hospital funcionó antes de ser desmantelado, hubo un caso de aparición bastante conocido tal y como cuenta José Manuel García Bautista en su libro *30 lugares de Sevilla donde pasar miedo*.

Manolo Rodríguez fue uno de los últimos pacientes que ingresó en el hospital. Era un hombre de mediana edad, canoso, que vestía siempre con su pijama blanco y unas viejas zapatillas.

Una mañana, el hombre bajó a uno de los patios del hospital para tomar aire fresco y, aprovechando la soledad, encendió un cigarrillo. En el momento en el que dio su primera calada, el hombre se sintió observado. Y, efectivamente, cuando alzó la vista y miró al frente se encontró con algo increíble.

Ante él había una monja, ya mayor, con las manos cruzadas sobre el hábito y cara de pocos amigos. La mujer le recriminó que fumara en el hospital y él se disculpó repetidas veces.

Pero más allá de la vergüenza del momento, lo que al paciente le llamó la atención es que por aquel entonces ya no había religiosas en el hospital. Parecía una mujer de carne y hueso, pero si se tiene presente la leyenda de sor Úrsula... ¿quizá fue ella la que se le apareció? Lo que sí se sabe es que, tras el incidente, el paciente dejó de fumar de forma radical.

EL ACTUAL PARLAMENTO DE ANDALUCÍA

Tras su uso como centro médico, el Hospital de las Cinco Llagas de Sevilla pasó a convertirse en el Parlamento de Andalucía. Un edificio en pleno barrio sevillano de la Macarena que ahora forma parte de la soberanía. Y, para ello, hubo que embarcarse en una remodelación del edificio que dejó varias sorpresas entre el año 1984, cuando empezaron las obras, y su finalización en 1992.

Las obras permitieron descubrir varias fosas comunes donde había restos humanos apiñados a varios metros de profundidad. Las palas excavadoras retiraron los restos humanos, que posteriormente se trasladaron a un osario. Entre ellos, se encontraron ocho cadáveres de siete mujeres y un niño del siglo XVII: el estudio anatómico-patológico posterior demostró que se trataba de enfermos que habían acudido al hospital.

Quizá por eso, las apariciones paranormales que afectan el edificio se han mantenido pese a su cambio de función. Son muchos los trabajadores —tanto vigilantes de seguridad, personal de limpieza e incluso políticos y policías— los que se han encontrado con la terrible visión de sor Úrsula.

Como ejemplo, un suceso muy conocido en Andalucía, que ocurrió en una fría madrugada del invierno de 2002. Eran las 3.30 de la noche: los pasillos estaban completamente vacíos y las sillas del Parlamento sin políticos desde hacía horas. El edificio estaba completamente en calma, tan solo iluminado por la luz de la luna que entraba por las ventanas. De repente, un grito ahogado resonó en medio de la noche.

Este chillido salió de la boca del vigilante, un hombre armado que custodiaba el edificio sin más compañía que una vieja radio. Mientras hacía su ronda por el patio 3, el vigilante vio ante sí una monja etérea, espectral, traslúcida, de paso parsimonioso que caminaba de forma perfectamente visible ante sus ojos. Algo imposible, ya que por aquel entonces no había monjas en el Parlamento, menos aún a esas horas.

Una experiencia similar contó una limpiadora a los periodistas del *Diario de Sevilla*. Tras más de dieciséis años trabajando en el edificio, ha presenciado cosas inexplicables y ha escuchado historias similares de compañeros que aseguran que ese edificio continúa encantado:

> Estaba limpiando con una compañera en la galería de arriba. Todo estaba cerrado y, de repente, un vendaval empezó a cimbrear las plantas de adorno. No era una corriente de aire, sino un auténtico vendaval que movía los arbolitos hasta el suelo. Sentimos que entre las dos pasaba una presencia, como alguien corriendo. Y se acabó el viento.

Aunque ha habido otras cuyo encuentro ha sido más espeluznante:

Otros compañeros lo han pasado peor. Uno vio a una chica rubia en el espejo de un aseo que estaba limpiando. Y otra, que tiene un sexto sentido, ve los fantasmas todos los días, sentados en los bancos del patio.

Aunque, actualmente, los políticos y trabajadores del edificio prefieren llevar con absoluta discreción el tema, todos conocen la historia de sor Úrsula y de los huesos encontrados durante la remodelación del Parlamento. Es un secreto a voces que, en ocasiones, continúa haciendo acto de presencia durante las frías noches y los momentos en los que menos gente hay en el edificio. Una manera de recordar a los allí presentes que las entidades permanecerán ancladas a sus cimientos pase lo que pase.

EL PUEBLO FANTASMA

Ochate son las ruinas de un antiguo pueblo donde se mezclan las leyendas y la realidad. Se habla de ovnis, apariciones, psicofonías y fantasmas que parecen haberse quedado anclados para toda la eternidad. Hay quienes lo señalan como uno de los pueblos más malditos de España.

Ochate es un pueblo ubicado en el Condado de Treviño, al norte de España en la provincia de Burgos. Actualmente, sobre este terreno tan solo quedan las ruinas de un antiguo pueblo formado por menos de una decena de casas, una iglesia, una ermita y un cementerio. Lo único que se mantiene en pie es la estructura de lo que fue un campanario y algunos de los muros de las viviendas de antaño.

A lo largo de los siglos, este lugar cayó en el olvido junto a la mayoría de los pueblos pequeños que ocuparon la península. Sin embargo, años después de su desaparición, alrededor de la década de los ochenta, este territorio burgalés se convirtió en uno de los sitios más misteriosos y enigmáticos de España, en un lugar de culto para los amantes de lo paranormal y de los encuentros con ovnis.

LA LEYENDA QUE RODEA A OCHATE

La historia de este lugar comenzó el 25 de septiembre de 1981, cuando apareció en la prensa local de Álava una noticia muy llamativa: «Un joven de la Caja de Ahorros provincial ha conseguido fotografiar un ovni en el enclave burgalés de Treviño».

En la imagen en negativo aparecía una gran esfera negra incandescente que parecía caer hacia la tierra, rodeada de unas llamas que lo iluminaban todo.

Según detallaba el artículo que apareció en la revista *Mundo Desconocido*, la persona que captó este momento fue un tal Prudencio Muguruza, que esa tarde estaba paseando a su perra por la zona cuando se encontró con tal espectáculo.

A eso de las nueve de la noche, más o menos, mi perra comenzó a gemir y a tocarme el pantalón con las patas. Estaba inquieta, algo le pasaba. Algo había visto y se había asustado. De eso estoy seguro. Miré a mi alrededor, pero no vi nada en particular... Aún no habían transcurrido ni dos minutos desde que Panchita había empezado a dar señales de nerviosismo cuando, a mi espalda, noté una especie de fogonazo. Me volví intrigado y vi aquello... Allí, a unos ciento cincuenta o doscientos metros de mí, había una gran esfera, quieta por completo y como a unos cincuenta o sesenta metros del suelo. Estaba sobre los árboles que yo acababa de dejar atrás en mi paseo. Era como de un color azul oscuro, rodeada de luz y de una enorme estela, también de luz, que subía en vertical hacia el cielo. Me quedé asombrado. Y ocurrió algo muy raro: empecé a escuchar una especie de zumbido en los oídos. Casi como un autómata, desenfundé la cámara que llevaba en la mano derecha y le hice una foto.

Así lo contaba él mismo en el ejemplar número 67 de esta revista dedicada al misterio. Una noticia que en apenas unas horas corrió como la pólvora y cuya imagen recogieron los periódicos locales.

Aunque fueron muchas las personas interesadas, el famoso periodista Juan José Benítez, reconocido por sus trabajos dedicados a la ufología, fue uno de los primeros que estudió esta imagen al detalle.

Poco tiempo después del incidente, el escritor publicó un artículo también en la revista *Mundo Desconocido* titulado «El ovni de Treviño», donde demostraba la veracidad de la imagen a través de un análisis profundo realizado por diversos laboratorios del país y enviado al Centro de Enseñanza de la Imagen, en Barcelona, a petición de Faber Kaiser, el por entonces director de la revista.

Juan José Benítez llegó a solicitar un análisis a la NASA y, sorprendentemente, recibió respuesta de un ufólogo y militar húngaro llamado Colan Von Keviczky, quien afirmó que se trataba de un objeto de «naturaleza desconocida».

No mucho tiempo después, el periodista escribió un extenso artículo en el *Diario de Burgos* del sábado 24 de abril de 1982, donde decía que la universidad de Bilbao y un laboratorio de EE. UU. habían concluido que aquel objeto volador era «una nube». Benítez los tachó de «ufólogos de salón» y «ufólogos de marras». Además, echó su argumento por tierra al demostrar que aquel día el viento iba a una velocidad de 28 kilómetros por hora, por lo que en esas condiciones resultaría imposible haber fotografiado una nube totalmente quieta.

Así fue como un instante captado con una cámara se convirtió en todo un tema de discusión y análisis durante las siguientes décadas. La fotografía dio la vuelta al mundo y fueron muchos los que aseguraron que aquello procedía de otro planeta, aunque también había quienes negaban rotundamente que aquello se tratara de un encuentro con un ovni.

MÁS ALLÁ DE LOS EXTRATERRESTRES

Pero lo cierto es que Ochate no solo era conocido por tal avistamiento. Tiempo después, los aldeanos de otros pueblos vecinos respaldaron la historia de Prudencio contando experiencias similares de orbes de luz que habían visto en el cielo cerca de este pueblo burgalés. No obstante, la historia misma del pueblo ya es escalofriante de por sí.

Ochate se convirtió en un pueblo fantasma no una, sino dos veces. La primera de ellas alrededor del siglo XII, sin una causa conocida. Algunos relacionan esta despoblación con el momento en que Ochate dejó de ser una aldea de paso. Hubo una época en que existía un camino que conectaba dos ciudades y pasaba por allí, pero tiempo después cambió su trazado y dejó el pueblo prácticamente aislado. Eso hizo que los comerciantes, los mensajeros y cualquier otra persona que anteriormente pasaba por el pueblo dejase de frecuentar la zona y que, finalmente, sus habitantes abandonaran el lugar.

La segunda vez que la aldea quedó deshabitada fue justo cuando se encontraba en una de sus etapas de mayor esplendor, allá por el siglo XIX, pero en esta ocasión fue de una forma trágica. Parece ser que en aquellos años llegaron a ser setenta las personas que habitaban en Ochate. Las calles volvían a tener ese color y esa vida típicos de una aldea bastante concurrida.

Sin embargo, allá por 1860 una epidemia de viruela acabó con la vida de gran parte del pueblo. Cuatro años después, cuando Ochate todavía se estaba recuperando de la tragedia, el tifus arrasó la localidad y finalmente, en 1870, el cólera atacó a los habitantes que quedaban. Tan solo tres de ellos pudieron huir a tiempo.

Estas numerosas oleadas de enfermedad y muerte solo acabaron con la vida de este pueblo, ya que ninguna de las aldeas vecinas sufrió epidemias o plagas en aquellos años.

La mezcla de mala suerte y avistamientos de ovnis hizo que Ochate comenzase a ser señalado como un pueblo maldito: todo aquel que lo visitaba sentía cierto malestar al hallarse entre las ruinas de lo que anteriormente había sido el pueblo. Algunos incluso afirmaban sentirse observados durante sus visitas.

OTROS ACONTECIMIENTOS INEXPLICABLES

No se sabe si fue a raíz de la «fiebre de Ochate» que hubo allá por los años ochenta, pero lo cierto es que no tardaron en salir a la luz otras historias y leyendas sobre el lugar.

Una de ellas hace referencia a un antiguo párroco del pueblo llamado Antonio Villegas que desapareció allá por 1868, en el camino que va desde el pueblo a la ermita de Burgohondo. Según la declaración de sus vecinos, el hombre iba a recoger unas herramientas, pero jamás consiguió llegar a su destino.

Otra habla de la aparición de un cuerpo totalmente calcinado en uno de los huertos cercanos al pueblo. Posteriormente se supo que se trataba de un agricultor cuyos huesos y cenizas aparecieron a principios de los años setenta. Al no hallarse sustancias inflamables ni otro tipo de material similar cerca del cuerpo, aumentaron las creencias sobre la maldición que afectaba al pueblo.

Al mismo tiempo, también se incrementaron las personas que decían que toda esta historia era una invención. Algunos señalaron a Prudencio Muguruza, el hombre que había visto el ovni, como el único culpable de que Ochate pasara a convertirse en un «supuesto» pueblo maldito.

Poco a poco, sin embargo, estas acusaciones se han ido desmintiendo. Empezando por la historia de la desaparición del párroco, que muchos consideraban falsa. El investigador Antonio Arroyo consiguió consultar los libros de fábrica de la ermita de Burgohondo y de la Iglesia de San Miguel Arcángel, ambas ubicadas en Ochate, y encontró el nombre de Antonio Villegas González, uno de los curas que perteneció al pueblo.

Sí es cierto que los años que según la historia estuvo en Ochate no coinciden con los que aparecen en los registros, pero en la investigación se conocieron más cosas sobre el párroco. Por ejemplo, las cartas que enviaba a su madre, gracias a las cuales sabemos que el párroco fue destinado a esta aldea cuando tan solo tenía veinticinco años pero que, con el tiempo, se dio cuenta de que en ese pueblo existía tal pobreza que ni siquiera él era capaz de sobrevivir en tales condiciones. Finalmente, en 1871 el párroco decidió abandonar el lugar y volverse a Palencia, su ciudad natal.

La investigación sobre la vida de Antonio Villegas llevó a los expertos a descubrir más documentos sobre Ochate. Uno de ellos guardaba relación con una de las enfermedades que muchos consideraban poco más que una leyenda negra. Y es que, en una de las cartas de un aldeano, se habla acerca de la marcha del párroco y se dice: «Abandonando la parroquia cuando más necesario era, pues antes de marcharse murió de viruela una muchacha de diecinueve años y un mozo de veintiséis, quedando atrás otros vecinos con la misma enfermedad».

Esto no confirma que tres epidemias azotaran Ochate hasta acabar con prácticamente todos sus habitantes, pero sí que silencia muchas de las críticas en torno a las leyendas que rodean al pueblo.

EN LA ACTUALIDAD

Ochate, o lo que queda de él, continúa siendo uno de los puntos más visitados por todos aquellos curiosos y amantes de lo oculto. Para algunos es una visita obligada si se quiere vivir una experiencia única, pues dicen que sobre sus ruinas se puede sentir el misterio.

Algunos aseguran haberse encontrado mal al pasear por allí, haber sentido pena, soledad o incluso malestar. Como si los restos del pasado hubiesen quedado impregnados en el ambiente.

No es raro ver durante la noche a personas merodeando por la zona, ya sea por simple curiosidad o porque quieren llevar a cabo una investigación más profunda. Hay quienes han captado psicofonías del lugar y las han hecho públicas. Voces que han llegado a decir «marchaos de aquí» de una forma clara y escalofriante.

INVESTIGACIONES PARANORMALES: CASOS OFICIALMENTE EXTRAÑOS
TERCERA PARTE

UN FENÓMENO PARANORMAL ES AQUEL QUE
NO SE HA PODIDO EXPLICAR EN TÉRMINOS DE LA CIENCIA ACTUAL,
LO QUE NO QUIERE DECIR QUE NO HAYA SIDO ESTUDIADO. PARA ESO ESTÁN
LOS EQUIPOS DE INVESTIGACIÓN PARANORMAL COMO EL GRUPO HEPTA O EL GRUPO
OMEGA, COMPUESTOS POR MÉDIUMS, VIDENTES, FÍSICOS O MÉDICOS. SIN EMBARGO,
CUANDO ESTOS FENÓMENOS ACABAN PRODUCIENDO UN DAÑO FÍSICO REAL EN LAS
PERSONAS, SOLO HAY UNA ENTIDAD A LA QUE ACUDIR: LA POLICÍA. NUESTROS
AGENTES HAN VISTO SUPUESTAS POSESIONES, ASESINATOS EN EXTRAÑAS
CIRCUNSTANCIAS O MUERTES CUYA EXPLICACIÓN SOLO PUEDE SER PARANORMAL.
Y, EN ESTE LIBRO, EXPLORAMOS TODOS LOS DOCUMENTOS EN LOS QUE
HAN QUEDADO RECOGIDAS ESTAS INVESTIGACIONES.

EXPEDIENTE VALLECAS

Con un argumento digno de una película de terror, una familia que vive un auténtico fenómeno *poltergeist* tras la muerte de su hija después de que esta jugara con la güija, el expediente Vallecas ha pasado a la historia por ser el primer caso que la Policía Nacional ha calificado como «extraño y misterioso».

Año 1999 en el madrileño barrio de Vallecas, refugio de familias trabajadoras y humildes. Estefanía Gutiérrez Lázaro tiene dieciséis años y vive en la calle Luis Marín número 8 junto a sus padres, Concha Lázaro y Maximiliano Gutiérrez, y sus cinco hermanos.

Estefanía era una joven como cualquier otra hasta el fatídico día en que el novio de una de sus amigas falleció en un accidente de moto. Fue entonces cuando las adolescentes empezaron a investigar sobre el esoterismo hasta que consiguieron organizar su primera sesión de güija. Durante dicha sesión lograron supuestamente comunicarse con el joven fallecido.

Esta práctica se convirtió en algo tan habitual que las chicas acabaron realizando una sesión en su propio instituto. Sin embargo, cuando una profesora las sorprendió sentadas en el suelo del baño alrededor de la güija, no dudó en tirar la tabla contra una pared para romperla. Lo que ella no sabía es que a las jóvenes no les había dado tiempo a cerrar la sesión: no habían podido situar el vaso en la palabra «adiós» antes de que la güija estallara en pedazos.

No cerrar una sesión de güija adecuadamente puede suponer, según el fallecido padre Gabriele Amorth, exorcista del Vaticano, dejar abierta la puerta para que el espíritu con el que hemos contactado se quede con nosotros, lo que puede acabar en una auténtica posesión demoníaca. Y eso fue lo que quizá le sucedió a Estefanía, tal y como contó su madre:

La profesora rompió la tabla y un humo oscuro salió del vaso, fue derecho a mi hija y se le metió en la nariz. Lo que fuera, poseyó a mi hija.

SÍNTOMAS DE UNA POSESIÓN

Esa noche comenzaron los ataques. Unas veces Estefanía convulsionaba en su cama mientras echaba espuma por la boca, hablaba con la voz grave y quejumbrosa de su difunto abuelo y se ponía tan violenta que «ladraba y se lanzaba contra sus hermanos», según contó la familia. Otras, tal como explicó la madre a TVE, se quedaba completamente paralizada sin reaccionar ante nada:

En esos ratos ella no se daba cuenta de nada, solo se reía. Yo la daba en la cara para que volviera en sí, pero nada. Después me decía que había visto un pasillo largo, cubierto de niebla y, al fondo, unas personas que estaban en corro y que la llamaban. A veces decía que esas figuras se ponían alrededor de su cama mientras dormía.

Durante los siguientes meses, Estefanía se sometió a una buena cantidad de pruebas y vio a varios neurólogos, pero la niña parecía estar completamente sana, por lo que sus padres comenzaron a pensar que era víctima de una posesión.

Finalmente, en la madrugada del 14 de agosto de 1991, unos seis meses después del incidente con la güija, Estefanía Gutiérrez Lázaro tuvo un ataque del que no logró salir. La joven fue trasladada en coma profundo al hospital Gregorio Marañón, donde certificaron su fallecimiento, no exento de incógnitas. Según el informe forense, Estefanía murió por una asfixia pulmonar para la que no encontraron causa, por lo que su muerte se denominó «súbita y sospechosa».

Pero lo más impactante es que la joven de dieciséis años predijo su propia muerte a su familia, tan solo unas horas antes de que se produjera:

Sé que algo me está llamando, sé que voy a morir. Pero no os preocupéis, daré golpes en la puerta después de irme para que sepáis que estoy con vosotros y que estoy bien.

UN SALÓN COMO TRINCHERA

Tan solo unas semanas después, la fallecida Estefanía empezó a manifestarse. Su voz comenzó a surgir del baño de la casa, una pequeña estancia al lado de su antigua habitación. Así lo explicaba Lázaro en TV4:

> Yo la oía llamarme, me decía «mamá, mamá», pero intentaba no hacerle caso porque no sabía si era mi hija o algo peor.

Los fenómenos paranormales eran cada vez más variados y constantes en la casa: los objetos se movían, las puertas se abrían y cerraban sin motivo, la temperatura bajaba súbitamente y una foto de Estefanía empezó a arder sin que se encontrara el origen del fuego ni se quemara nada de lo que había a su alrededor. Además, toda la familia afirmó haber visto una sombra negra de forma humanoide, sin boca ni ojos, que se arrastraba por el suelo. Querubina Gutiérrez explicó a TV4 cómo sintió una noche la presencia de su hermana Estefanía:

Mi hermana y yo estábamos en nuestra habitación, en literas. Acabábamos de apagar la luz cuando vimos una sombra que entraba arrastrándose por debajo de la puerta y tiraba uno de nuestros muñecos al suelo. Mi hermana fue a encender la luz, pero cada vez que lo intentaba la lámpara se movía por la mesilla. Gritamos llamando a nuestra madre. Enseguida encendió la luz y la sombra desapareció, pero el muñeco estaba en el suelo. Cuando mi madre se agachó y puso la mano sobre el lugar en el que había estado la sombra, estaba helado.

Este incidente se repitió varias noches hasta que el encuentro con la sombra vino acompañado de toda clase de ruidos, golpes y lanzamientos de objetos. Los Gutiérrez estaban tan asustados que pusieron todos los colchones en el salón y bloquearon las puertas con muebles pesados.

Durante días se atrincheraron allí: dormían juntos, en el suelo y con la luz encendida. En una de esas madrugadas en las que Maximiliano se quedaba despierto, observó como la puerta del salón se abría poco a poco empujando la pesada mesa que la bloqueaba. Y esa fue la gota que colmó el vaso. Maximiliano despertó a toda su familia, los llevó a la calle y llamó al 091.

OFICIALMENTE EXTRAÑO Y MISTERIOSO

Cuando el 27 de noviembre de 1992 el jefe de sala del 091 recibió la llamada de una familia que había huido de su casa debido a fenómenos paranormales, trató de calibrar si era una broma de mal gusto. Pero la voz de Maximiliano transmitía tal terror que decidió enviar a Vallecas a tres agentes junto a su inspector más templado y escéptico: José Pedro Negri.

En la calle Luis Marín encontraron a cinco niños tiritando de frío que se negaban a volver a su casa por miedo a los fantasmas. Intentando que volvieran a entrar en calor, Negri los convenció para que subieran al piso todos juntos.

En el salón de la casa, sentados entre los colchones y los muebles, Concha y Maximiliano contaron su historia a los agentes y les enseñaron los informes médicos de Estefanía.

A las 2.40 horas llama el inspector jefe José Pedro Negri y manifiesta que, una vez se ha entrevistado con la familia y ha observado el interior de la casa, se le ha puesto el vello de punta [...]. Estando sentados en compañía de toda la familia, los agentes pudieron ver y oír que la puerta de un armario perfectamente cerrado, cosa que comprobaron después, se abrió de forma súbita y totalmente antinatural. Lo que desencadenó una serie de sospechas serias en el inspector jefe y los tres policías allí presentes.

Informe policial del expediente Vallecas

La puerta se abrió una y otra vez ante los ojos de los policías, uno de ellos incluso sacó el arma y apuntó. Tras comprobar después que en la puerta no había mecanismos, imanes ni cables, dos de los policías que acompañaban a Negri llegaron a pedir al inspector permiso para abandonar la casa.

La familia acompañó después a Negri mientras inspeccionaba la vivienda, en la que sucedieron cosas que el inspector calificaría de «antinaturales».

En el recorrido que hicieron por las habitaciones de la casa, los agentes observaron un crucifijo de madera al que el fenómeno al que estamos haciendo referencia había dado la vuelta y había arrancado el Cristo que estaba adherido. Uno de los hijos tomó el Cristo del suelo y lo adhirió a un póster detrás de la puerta de la habitación, produciéndose también, de forma súbita y extraña, tres arañazos sobre el citado póster ante los ojos de los agentes y la familia. [...] Se produjeron una serie de fenómenos, de todo punto inexplicables.

Informe policial del expediente Vallecas

Los agentes observaron otros fenómenos como la aparición de manchas negras y viscosas, ruidos o golpes inexplicables. Lo único que pudieron hacer fue reconocer expresamente en el informe policial que habían sido testigos de «la manifestación de fenómenos extraños y misteriosos», convirtiendo el expediente Vallecas en el primer caso oficialmente paranormal de España.

LA PAZ DEL OSO

Ante la falta de respuestas, los Gutiérrez Lázaro contactaron con el famo-
sísimo cazafantasmas Alfonso Galán, más conocido como Tristanbraker
en las decenas de programas de televisión a los que acudía.

En 1993, el supuesto investigador paranormal acudió junto a su equipo, Unidad Cero, a la calle Luis Marín para hacer una limpieza espiritual del
lugar y frenar los fenómenos paranormales que aún acosaban a la familia.

En la casa hay dos energías: una es buena y pacífica y podría ser de la
chica, Estefanía; la otra, que podría ser su abuelo, es bastante negativa,
insultante y amenazadora.

Ese fue el diagnóstico que Tristanbraker hizo de la casa. Pero los Gutiérrez Lázaro también hicieron uno sobre su persona: Galán había intentado estafarlos para que le pagaran un coche nuevo.

La familia no encontró la paz hasta que conoció a Fernando Jiménez
del Oso, psiquiatra y periodista español especializado en temas de misterio. Del Oso les convenció de que estaban sufriendo un caso de histeria colectiva y que el miedo de unos alimentaba al de los otros, de forma
que se iban sugestionando más. Su consejo fue que se olvidaran del
tema paranormal y se relajaran. Tan solo unos días después los fenómenos paranormales cesaron.

Tiempo después, la familia decidió mudarse a otro lugar. Los nuevos
inquilinos del número 8 de la calle Luis Marín nunca reportaron sucesos
extraños.

¿UN MONTAJE?

Tras cuarenta años de especulaciones, Ricardo y Maximiliano Gutiérrez Lázaro, hermanos de Estefanía, concedieron en 2018 una entrevista a *Crónica* en la que desmintieron todos los pilares del caso Vallecas.
Alegan que la güija no tuvo nada que ver con la muerte de su hermana
y que la historia paranormal que se montó en torno a ella solo respondía a los delirios de su madre. Según explica Maximiliano:

A mi madre la trataban por epilepsia convulsiva y mi hermana también recibía tratamiento médico, se sospechaba que tenía un cuadro de epilepsia, aunque falleció antes del diagnóstico. Creo que murió por un ataque epiléptico, no por nada inexplicable. Los fenómenos que sucedieron luego en la casa no nos fueron ajenos. Nuestra madre estaba empeñada en que sucedía algo malo relacionado con Estefanía, que haría notar su presencia desde el más allá... Nos sumergió en un estado de sugestión importante. Todo fue psicológico.

Por su parte, Ricardo apunta fuera de la familia, aunque señala también alguna excepción:

Luego entraron en escena presuntos parapsicólogos como Tristanbraker que nos metieron aún más miedo en el cuerpo. Llegamos a perder nuestra intimidad para sentirnos protegidos, hasta nos acompañábamos al baño unos a otros. Psicológicamente nos machacaron. Damos gracias a que llegara Jiménez del Oso.

Los hermanos afirmaron además que los incidentes policiales podrían deberse a explicaciones no paranormales como que la puerta del armario se abriera debido al peso de los documentos que tenía dentro o que el viento tirara un crucifijo.

Es evidente que las afirmaciones de los hermanos generaron grandes dudas sobre lo sucedido, pero también es cierto que los Gutiérrez no fueron los únicos testigos de los sucesos extraños: también lo fueron los policías y algunos vecinos, lo que pone en cuestión la teoría de histeria colectiva. Sea como sea, el expediente Vallecas sigue generando discusión: ¿circo mediático en torno a la tragedia de una familia o uno de los casos paranormales mejor documentados de la historia de España?

LA CURIOSIDAD

La muerte en extrañas circunstancias de Estefanía Gutiérrez Lázaro fue el origen de la leyenda urbana de Verónica. Su caso pasó de boca en boca deformándose hasta convertirse en la historia de una joven que murió tras invocar al demonio. Se cuenta que si repites el nombre de Verónica tres veces delante de un espejo mientras sostienes una biblia y unas tijeras abiertas, el espíritu de la joven saldrá del cristal y acabará contigo. Aunque hay versiones distintas dependiendo de la región en que se cuente. Es la versión *made in Spain* de la leyenda de *Bloody Mary*.

EL CRIMEN DEL SIGLO

El número 37 de la calle Jesús de Nazareno, en Santa Cruz de Tenerife, fue testigo de un crimen que cambió la historia de la crónica de sucesos de todo el país: la matanza cometida por un cabeza de familia que, siguiendo los preceptos de una sociedad esotérica, acabó con la vida de las mujeres de la casa para «purgar» sus almas. Este crimen, el primero atribuido a una secta en España, se acabaría conociendo por su crudeza como el «Crimen del Siglo».

En el año 1970, la familia Alexander, de origen alemán, llegó a Santa Cruz de Tenerife. Estaba compuesta por los padres, Harald y Dagmar; Frank, el hijo mayor; Marina, de dieciocho años y las dos gemelas de quince, Petra y Sabine. Eso era prácticamente todo lo que los tinerfeños sabían de ellos, pues los Alexander casi nunca salían de casa. Con tan poca información, nadie podía imaginar que formaban parte de una de las sectas más peligrosas del mundo.

En Hamburgo, Harald se había convertido en el discípulo directo de Georg Rihele, el líder de la llamada Sociedad Lorber, una secta que mezclaba esoterismo, cristianismo y las supuestas visiones divinas que recibía Rihele. Los principios de la secta se basaban en la educación severa, la abnegación y el rechazo de cualquiera que no formara parte de ella.

UN HOMBRE CONVERTIDO EN DIOS

A la muerte de Rihele, Harald heredó su abrigo, su órgano en forma de acordeón y el liderazgo de la secta. Fue así como se convirtió para Dagmar, su esposa, en un Dios en la tierra. Y la función de ella estaba clara: cuando nacieran sus hijos, sería la responsable de inculcarles sus creencias.

El primero en llegar fue Frank, heredero del liderazgo de la secta y «profeta de Dios», y, por ello, fue criado con mucha severidad. Por ejemplo, su madre le ataba la mano izquierda a la espalda para corregir su zurdera y conseguir que fuera «perfecto». Pero también se le consentían todos sus caprichos.

Sus hermanas, Marina, Petra y Sabine, se convirtieron en sus criadas; esta última incluso llegó a trabajar como asistenta en casas cercanas para ganar dinero para él. Las jóvenes debían cumplir las órdenes de su hermano y satisfacer todos sus deseos carnales, ya que Frank no podía relacionarse con «la gente de Satanás», es decir, las personas que no pertenecían a la secta.

Sin embargo, los rumores sobre el maltrato a sus hijos y el incesto se extendieron hasta tal punto en Alemania que la policía decidió investigar a los Alexander. Por eso la familia huyó a Tenerife, una isla donde los agentes les perdieron la pista.

Allí continuaron con sus terribles costumbres, pero llevaban una vida de recogimiento, rezando durante horas mientras Harald tocaba el órgano. Se mantuvieron en el anonimato hasta que el 16 de diciembre sucedió algo que haría que nadie pudiera olvidar jamás sus nombres.

LA PURGA

Ese día, Frank Alexander se trastornó por completo, tal y como le contaría más tarde a un psiquiatra:

> Creí que mi madre tenía una mirada demoníaca, fría como el hielo, y una sonrisa sarcástica en los labios, por lo que comencé a abofetearla, creyéndome un ser superior. Le dije a mi padre que tomara una percha y le pegamos entre los dos. Mi madre accedió y se limitó a colocarse boca abajo y dejarse pegar.

Según la Sociedad Lorber, solo una pequeña parte de la humanidad podía alcanzar la perfección de Dios que Frank creía haber logrado. Los demás solo tenían una oportunidad para salvarse: purgar su alma. Y Frank creyó que la única forma de salvar a su madre y a sus hermanas, muy inferiores a él, era mediante la purga, es decir, asesinándolas.

Con la misma percha con la que había golpeado a su madre hasta acabar con ella, Frank se acercó a la habitación de sus hermanas, Marina y Petra. Ellas, tan adoctrinadas como Dagmar, tampoco se opusieron y se dejaron pegar hasta que sus corazones dejaron de latir.

Los tres cadáveres yacían en el suelo. Frank fue a buscar unas tijeras de podar, unas cuchillas y un martillo y, mientras su padre tocaba una macabra melodía en el órgano, mutiló los cuerpos de su madre y sus hermanas, les sacó algunos órganos y los colgó por la casa.

El primer hallazgo es el de Marina, la hija mayor, de dieciocho años, que estaba tumbada boca arriba con los ojos abiertos. Tiene el torso descubierto y los dos pechos desgajados y con un gran boquete en el lado izquierdo; la zona genital destrozada y con profundos desgarrones; a su lado, en el suelo, el corazón y otras vísceras; junto a ella un martillo y una cuchilla de zapatero. Al otro lado de la cama está Petra, de quince años, con las mismas lesiones. A su lado unas tijeras de podar y unas tenazas. En otro cuarto se halla a la madre, Dagmar, en similar situación.

Informe policial del caso de la familia Alexander

Al día siguiente, padre e hijo se dirigieron a La Laguna, donde su hija Sabine se encontraba limpiando la casa de un conocido médico de la zona, el doctor Walter.

—Hemos matado a tu madre y a tus hermanas —le dijo Harald, impasible, a su hija.

Sabine no movió ni un músculo de la cara, cogió la mano de su progenitor y se la acercó a las mejillas.

—Estoy segura de que has hecho lo que creías necesario —le contestó.

El doctor Walter, que había escuchado toda la conversación, miraba horrorizado a la familia, aunque ninguno de ellos entendía por qué estaba tan asustado.

—Ah, lo has escuchado —le dijo Harald con tranquilidad—. Hemos matado a mi esposa y a mis otras hijas. Era la hora de matar.

El doctor llamó inmediatamente a la policía, que no tardó en echar abajo la puerta del número 37 de la calle Jesús de Nazareno y descubrir los horrores que luego describirían en el informe policial. Sin embargo, lo que más aterrorizó a los agentes es que Harald y Alexander no entendían por qué los detenían. Pensaban que habían salvado a su familia.

EN DIOS O EN LA SECTA

El caso saltó a la prensa y corrió como la pólvora por toda España, convertido ya en uno de los crímenes más salvajes de la historia del país. Lo más polémico, sin embargo, fue la sentencia que el tribunal dictó para Harald y Frank.

Durante el juicio, el fiscal pidió la pena de muerte para Harald (vigente en España hasta 1978 mediante el garrote vil) y cuarenta años de cárcel para Frank. Pero contra todo pronóstico, en 1972 el tribunal absolvió a los acusados de los delitos de asesinato porque eran «autores no responsables» al encontrarse en un periodo de «enajenación mental» mientras sucedían los hechos.

Solo los condenaron a pagar 900.000 pesetas a su hija Sabine, a modo de compensación, y a ingresar en el Centro Asistencial Psiquiá-

trico Penitenciario de Madrid. Allí permanecerían hasta el año 1990, cuando consiguieron escapar pese a las cámaras y los sistemas de seguridad.

Pese a que la Interpol lanzó una orden internacional de búsqueda y captura para ambos sujetos, jamás fueron encontrados. En la actualidad, Harald tendría unos noventa y cuatro años y Frank alrededor de setenta. La principal teoría de la policía es que la Sociedad Lorber los acogió a los dos en Austria, pero nunca se ha demostrado.

Por su parte, Sabine, la única superviviente, tomó el hábito de monja y dedicó su vida a Dios. Ni siquiera salió del convento para acudir al juicio de su padre y de su hermano.

EL DATO

Las autoridades españolas calculan que actualmente hay entre 250 y 350 sectas en el país, muchas de ellas camufladas como grupos de crecimiento personal, de autoayuda o de psicología. En 2022, al menos 400.000 personas pertenecían a uno de estos grupos de control.

UN NIDO DE DEMONIOS

En el año 1990, en un pequeño pueblo de Albacete, ocurrió el peor infanticidio de la historia de España. Rosita, de once años, fue asesinada por su madre —conocida como Rosa la Curandera—, su amante y la hermana de esta. En medio de un trance psicótico, sometieron a la menor a un ritual pseudorreligioso y la evisceraron con el objetivo de sacar al diablo de sus entrañas. Por su crudeza, este crimen acabó pasando a la historia como el «exorcismo de Almansa».

ALMANSA, TIERRA DE CURANDEROS

Nos situamos en la España rural de los años noventa. «Por entonces, en el país estaba de moda el satanismo, romper tumbas, poner cruces boca abajo...», explica Juan Ignacio Blanco, director del mítico semanario *El Caso*, en declaraciones a *ABC*.

Era algo que había empezado en Estados Unidos, que entre los años de las décadas de los setenta y noventa vivió una explosión de asesinos en serie: Jeffrey Dahmer, Ted Bundy, Charles Manson o Richard Ramírez, muchos de ellos reconocidos satanistas, perpetraron sus crímenes en aquella época. El país se dividió entre los que sentían curiosidad por el satanismo y llevaban a cabo algunas de sus prácticas y los que tenían auténtico terror a todo lo relacionado con ese término y organizaban verdaderas cazas de brujas contra cualquier persona que les pareciera ligeramente extraña.

La moda del satanismo llegó a España en torno a los años noventa, pero lo hizo de forma más discreta y, sobre todo, adaptada a la cultura del país: a las leyendas y tradiciones locales, al folclore, al catolicismo y a esa herencia de la curandería y la medicina natural que dejaron aquellas mujeres a las que llamaban brujas.

Hubo, como en Estados Unidos, tribus urbanas que ensalzaban la música rock (género asociado al satanismo en esa época), la ropa negra y también la estética gótica. Pero, sobre todo, comenzaron a surgir muchísimos curanderos y videntes que decían poder luchar contra cualquier amenaza que viniera de Satán: exorcizaban las posesiones, eliminaban los males de ojo e incluso curaban las dolencias físicas que ellos achacaban al maligno.

Hoy en día, puede sonar inverosímil, pero incluso los canales más importantes de la televisión nacional se llenaron de todo tipo de videntes, tarotistas, hacedores de milagros y charlatanes que aseguraban luchar contra el diablo con su magia. Y no faltaban las personas que depositaban una fe ciega en ellos: era una época en la que lo pseudomágico, lo religioso y lo satánico se mezclaban y estaban muy presentes en la vida de toda la sociedad.

Pero existía un lugar en concreto conocido en toda España precisamente por su tradición mágica y sus miles de curanderos y videntes: Almansa, un pueblo de Albacete de poco más de 20.000 habitantes. Rosa Gonzálvez Fito, apodada «la Curandera» en la localidad, se convertiría por terribles motivos en la más famosa de todos ellos.

La mujer, decían en el pueblo, curaba a la gente con brebajes, oraciones e imposición de manos. «Engatusaba a sus clientes con verborrea y promesas. Pero realmente creía que tenía poderes», explica Francisco Pérez Caballero en su libro *Dossier Negro*.

Y, aunque supuestamente solo cobraba la voluntad, con sus ingresos podía mantener sin problemas a Jesús Fernández, su marido y a Rosi, su hija de once años, que dependían económicamente de ella. Era una mujer controladora y autoritaria, por lo que enfrentarse a ella nunca era buena idea.

TRES DÍAS DE ÉXTASIS MÍSTICO: SÁBADO

El sábado 15 de septiembre, Mercedes Rodríguez Espinilla llegó a Almansa desde Valladolid. Se alojaría con su hermana Mari Ángeles, que no solo era una de las más fieles seguidoras de las creencias y los rituales de Rosa, sino también su amante. Esa noche, las tres amigas salieron a cenar juntas, pero solo Rosa y Mari Ángeles durmieron juntas en casa de la Curandera.

Según Juan Ignacio Blanco, las dos mujeres consumieron sustancias psicotrópicas, «orinaron y defecaron sobre la misma cama en la que habían mantenido relaciones, destrozaron todos los muebles de la casa, rompieron los espejos, caminaron descalzas sobre los cristales rotos, se revolcaron por el suelo, vomitaron y se echaron por encima todos los frascos de colonia y jabón que encontraron en el cuarto de baño». La orgía duró hasta las siete y media de la mañana del domingo, cuando Mari Ángeles se fue de nuevo a su casa.

TRES DÍAS DE ÉXTASIS MÍSTICO: DOMINGO

Tan solo unas pocas horas después, hacia las tres y media del domingo, todavía sin dormir y con la conciencia muy alterada por los psicotrópicos, Mari Ángeles volvió a casa de Rosa y esta vez no tuvo ningún reparo en llevarse a sus hijos Mercedes y Daniel, de cinco y seis años, respectivamente: su amante la había llamado para advertirla de que los tres estaban poseídos por el espíritu de Martín, el marido de Mari Ángeles y padre de los niños.

En casa de Rosa, estando su marido y su hija Rosi presentes, comenzó un ritual exorcista en el que la Curandera impuso las manos sobre Mari Ángeles mientras hablaba y rezaba con una voz grave que no parecía la suya.

Solo faltaba Mercedes, que esa tarde no pensaba ir a casa de la Curandera. Sin embargo, la vallisoletana tuvo que ir allí a buscar a su hermana ya que cuando esta última salió de casa, tras la llamada de Rosa, lo hizo de forma tan precipitada que se llevó las llaves, por lo que Mercedes no podía entrar hasta que las recuperase. Pero lo que encontró en la casa de la Curandera la dejó sin palabras: «Mi hermana estaba muy excitada, mojada, y con una estampa de la Virgen en la mano. Me ordenó que entrara y rezara, y comenzaron a destrozar muebles». Y Mercedes, completamente subyugada por las creencias de Rosa, no dudó en obedecer.

El rito pseudorreligioso llegó a su apogeo con siete personas en la casa, incluidos los tres niños: Rosi, Mercedes y Daniel. Lo que no esperaban es que ellos acabaran convirtiéndose en el objetivo del ritual. Tras sacar al espíritu maligno de Mari Ángeles, Rosa fijó su mirada en Mercedes y Daniel: ellos aún tenían el espíritu de su padre dentro y debían hacerles vomitar para que lo expulsaran.

Tanto los niños como Mari Ángeles y Mercedes, que llevaban años inmersos en esa clase de ritos, obedecieron las órdenes de la mujer a la que consideraban su salvadora. Rosa inculcaba esas creencias en sus allegados y los manipulaba para que obedecieran: si no lo hacían, los amenazaba con ir al infierno y, si lo hacían, les ofrecía las curas a todos sus males. Si a toda esa manipulación se le suman personalidades tan maleables como la que tenía Mari Ángeles o caracteres todavía sin formar como los de los pequeños, el resultado era un control mental casi completo.

Sobre las once de la noche, Martín, el padre de los niños y esposo de Mercedes, se plantó en casa de la Curandera exigiendo llevarse a su familia. El hombre no fue capaz de convencer a su mujer para que regresara a casa, pero sí pudo sacar de allí a sus hijos: «Su propia madre les había metido los dedos en la boca para sacarles el diablo o yo qué sé. Los noté muy asustados, menos mal que me los llevé», contaría después en el juicio.

Mari Ángeles apenas se preocupó por ellos, su atención estaba centrada en la Curandera.

—Rosa, gracias, me has salvado la vida.

—Yo no soy Rosa, soy un ser de otro planeta... —contestó ella.

Con eso, las amantes se encerraron en la habitación para realizar un nuevo rito de cánticos, relaciones y brebajes.

—Somos Jesucristo y la Virgen y nos vamos a casar —le dijeron a Mercedes, abrazadas, cuando esta llamó a la puerta de la habitación para unirse a ellas.

Entonces, las tres mujeres entraron en un nuevo éxtasis exorcista: se desnudaron, vomitaron, orinaron en el suelo y cantaron a voz en grito hasta que Jesús, el marido de Rosa, llegó al dormitorio y las interrumpió. Lo que el hombre no intuía es que el nuevo objetivo de los macabros rituales de su mujer era Rosi, su propia hija.

Jesús entró en el dormitorio y fue agredido por Mari Ángeles y Rosa. Ambas le obligaron a que limpiara los orines que ellas habían hecho. Después le ordenaron que se fuera y que subiera a Rosi, la niña de 11 años, y que él se acostara en la cama, cosa que así hizo tras dejar a la niña con las tres procesadas.

Hechos probados reflejados en la sentencia,
1992

TRES DÍAS DE ÉXTASIS MÍSTICO: LA FATÍDICA MADRUGADA DEL LUNES

«Ya con la niña, nos fuimos al dormitorio de esta y atrancamos la puerta. Mari Ángeles y Rosi la tumbaron en su cama. Hubo una hora y media de silencio y Rosi se durmió. Después comenzaron a romper estampitas, a clavar agujas en un muñeco y a orinar en el suelo, sin dejar de cantar. Decían que la espada del mal estaba en la niña», contó en su momento Mercedes.

En un principio, la niña simplemente se dejó hacer por su madre en ese nuevo rito exorcista. Estaba muy acostumbrada a sus sesiones como curandera. Así, no puso objeciones cuando su madre la obligó a tenderse en el suelo, pero poco después empezó a tiritar.

—Si le vais a quitar el mal, hacedlo ya, porque la niña no se encuentra bien —gritó Mercedes.

—¡Mierda! El mal está dentro de ti, tú eres Martín —dijo Rosa cogiéndola por el pelo y acusándola de estar poseída por su cuñado.

Así quedó reflejado el momento en los documentos oficiales:

Rosa y Mari Ángeles golpearon y patearon a Mercedes en los genitales y le metieron los dedos en la boca hasta hacerla sangrar. Una vez conseguido esto dijeron que el mal ya había salido y se dirigieron hacia Rosi. Empezaron a darle bofetadas al tiempo que le decían que ella no era Rosi sino Martín.

Hechos probados reflejados en la sentencia,
1992

La niña, presa del pánico, huyó a un rincón de la habitación y comenzó a llorar con fuerza y a llamar a gritos a su padre. Este irrumpió en la habitación, pero las tres mujeres, en pleno trance, lo atacaron ferozmente y lo echaron. Jesús salió entonces de la casa en busca de ayuda y poco después regresó con Ana María, la hermana de Rosa. Se quedaron juntos toda la noche en la puerta, rezando, sin pensar en pedir ayuda: «Me amenazaban, decían que querían tirarme por la ventana, pero no sé por qué no entré, solamente rezábamos», explicó Ana María en el juicio. Nada —excepto el control que Rosa ejercía sobre ellos— podría llegar a explicar por qué nunca llamaron a las autoridades.

Dentro, las tres mujeres pusieron a la niña en la cama mientras le gritaban que estaba embarazada del diablo: «Mari Ángeles y Rosa la sujetaron y le abrieron las piernas. Yo no podía mirar, pero tampoco reaccioné porque estaba como hipnotizada. Cuando la manipularon la niña solo dio dos gritos: "¡Mamá acaba ya, mamá acaba ya!"», contó Mercedes.

Entonces comenzó el brutal asesinato. Rosa evisceró a su hija, celebrando cada vez que extraía una nueva parte, pues era un demonio más que expulsaba del cuerpo de Rosi. La niña trató de defenderse y huir, pero la fuerza que ejercían las mujeres sobre ella le impidió escapar. Finalmente, murió a causa de un shock hipovolémico.

La niña sufrió el ataque traumático con las manos por vía perineal, originando heridas y desgarros de estructuras anatómicas que le provocan roturas de órganos y vasos, lo que le motivó inicialmente una insuficiencia brusca de la circulación periférica a la que se unió el dolor provocado por el desgarro de terminaciones nerviosas. Todo ello provocó un estado de profundo quebrantamiento de todas sus funciones vitales que la condujo a la muerte.

Informe forense ofrecido como prueba en el juicio,
1990

«Cuando le hablaba noté que se quedaba blanca, pero solo me di cuenta de que había muerto cuando llegó la policía. Ni siquiera recuerdo ver sangre, no pensé que le iba a hacer daño», alegó Mercedes en el juicio. Advirtió a Rosa de que la niña estaba fría y pálida, pero ella insistió en que debían seguir, que Rosi no iba a morir. Hasta que, en un momento dado, casi a las nueve de la mañana del lunes, Rosa entreabrió la puerta y le pidió a su hermana que pasara.

Ana María observó que su hermana tenía en brazos a la niña y que había sangre y tripas por el suelo, pero no pudo observar más detalles porque enseguida su hermana la envolvió en su delirio acusándola de estar embrujada y de ser la causante del desfallecimiento de la criatura. Por ello, la cogieron y comenzaron a golpearla, tratando de arrancarle los ojos para con ello reanimar a la niña, que evidentemente había fallecido.

Informe de los doctores Manuel Flores Peña y Carmelo Sierra López,
en el que recogen el testimonio de Ana María Gonzálvez

—¡Tú eres la clave! ¡Necesitamos tus ojos para que la niña reviva! —gritaba Rosa mientras trataba de arrancarle los ojos a Ana María.

Para entonces Ana María tenía ya una contusión en las córneas y se hubiese quedado ciega si la policía, a la que Jesús había llamado por fin, no hubiera irrumpido en la habitación.

LO MÁS DURO QUE PUEDE VER UN SER HUMANO

Tanto los agentes como los sanitarios se quedaron completamente sin habla ante una escena que todos calificaron como «una de las situaciones más duras que puede ver un ser humano».

Había dos camas y en una de ellas estaba la niña [...]. La madre se hallaba en el suelo, llorando, y al fondo vimos a dos mujeres semidesnudas y muy manchadas de sangre, lo mismo que las paredes [...]. Nosotros cogimos a la niña y nos la llevamos.

Declaración de un voluntario de la Cruz Roja,
en *La tribuna de Albacete*

Rosi, efectivamente, fue llevada al ambulatorio, pero lo único que se pudo hacer por ella fue darle sepultura en un funeral multitudinario al que acudió todo el pueblo. Por su parte, las tres mujeres fueron detenidas por la policía.

Finalmente, el juicio (televisado para toda España) se celebró en 1992, con Rosa y Mari Ángeles como acusadas y Mercedes únicamente como testigo. El tribunal declaró que ninguna de las dos podía ser juzgada ya que habían padecido enajenación mental y trastorno mental transitorio, aunque no se demostró si tenían algún problema mental más profundo. Solo las condenaron a pagar 45.000 euros a Ana María por los daños en los ojos y a pasar unos años en una clínica de salud mental.

LA CRUZ MARCA EL LUGAR

Pasado el tiempo, Mari Ángeles se fue a vivir a Valencia, alejada de Martín y de sus hijos; Mercedes hizo lo propio y volvió a Valladolid. Rosa, por su parte, se escondió en algún punto de la geografía española, ya que los vecinos de Almansa la habían amenazado públicamente con lincharla si volvía.

Aunque varios programas intentaron contactar con ella, solo concedió una entrevista en la que dio algunas explicaciones: «No sé lo que pasó, me arrepiento mucho, me he preguntado por qué muchas veces, pero es que no lo sé y supongo que el no saberlo es lo que me deja seguir viviendo; de lo contrario, no podría vivir».

Aparte de eso, solo pidió que los medios de comunicación dejaran de buscarla: «El sufrimiento por mi hija no se me va a ir nunca, pero el acoso es continuo y cuando pasa cualquier cosa ya están otra vez, molestando a mi familia y a mí. Yo ya he cumplido lo que se me impuso».

El pueblo de Almansa, por su parte, quedó marcado para siempre por el peor infanticidio de la historia de España. En memoria de Rosi, los vecinos pintaron una cruz roja sobre la casa en la que se produjeron los hechos y siguen aún hoy pidiendo justicia.

EL DATO

En 2016 todavía había en Almansa más de 350 curanderos. En general se trata de personas que conocen las propiedades de determinadas plantas y la anatomía humana. Aunque también existen los que siguen utilizando métodos místicos como la imposición de manos o la terapia con péndulos.

¿UN MACABRO JUEGO DE ROL?

El 2 de diciembre de 2001 el cuerpo de Helena Jubany, desnudo
y quemado, es lanzado desde una azotea. Varias cartas anónimas,
que podrían formar parte de un macabro juego del que Jubany no sabía
que era víctima, implican de forma directa a su grupo de amigos.
Al menos, eso es lo que hoy, más de veinte años después,
sigue investigando la Policía Nacional.

Helena Jubany era en el año 2001 una joven bibliotecaria de veintisiete
años. Una chica aplicada que combinaba su trabajo con sus estudios de
Periodismo. Llevaba una vida completamente normal: contaba cuentos
a niños pequeños, estudiaba, se relacionaba con otros universitarios. No
había nada que hiciera prever lo que le sucedería durante el otoño de
ese mismo año.

HELENA EN EL PAÍS DE LAS MARAVILLAS

El 17 de septiembre, Helena encuentra un extraño paquete en su rella-
no. Una botella de horchata, unas pastas y una nota anónima escrita a
mano:

> Helena, sorpresa. Pasábamos por aquí y hemos dicho «a ver
> Helena qué tal está». ¿¿¿Somos...??? (Te llamaremos). ¡A co-
> mérselo todo!

Carta anónima enviada a Helena Jubany (trad. del catalán),
17 de septiembre

La carta no llevaba ningún remitente, pero tenía que tratarse de alguien que conociera a Helena ya que sabía su nombre, su dirección y lo mucho que le gustaba la horchata. Pero, aun así, prefirió no comer ni beber el contenido del paquete.

Tan solo unos días más tarde encontraría otra sorpresa en la puerta de su casa. En esta ocasión se trataba de una botella de zumo de melocotón junto a una nueva nota escrita con dos caligrafías diferentes:

Helena, ante todo esperamos que te tomes esto con el mismo sentido del humor que nosotros. A la tercera revelaremos el misterio. Seguro que te echarás unas risas.

Nos gustaría mucho volver a coincidir en una excursión de la UES. ¡Ya lo hablaremos! Ahora vamos a ver si encontramos un lugar bueno, bonito y barato en Sabadell para perfeccionar el inglés. ¡Ah! Buen provecho. No nos hagas un feo, ¿eh? En la tercera ya nos invitas tú, sin duda. Besos.

Carta anónima enviada a Helena Jubany (trad. del catalán),
9 de octubre

Helena detectó un dato tranquilizador. La carta debía provenir de alguno de sus amigos de la UES, la Unión Excursionista de Sabadell, por lo que seguramente todo fuera una broma. Así pues, la joven se tomó el zumo, pero al cabo de unos minutos comenzó a sentirse mareada, indispuesta y con mucho sueño.

Sospechando que el zumo había tenido algo que ver, Helena lo mandó a analizar a un laboratorio de Sabadell, donde se detectó que contenía una alta dosis de benzodiacepinas, un tipo de somnífero. Sin embargo, pensó que se trataría de una broma pesada de sus compañeros de la UES y decidió no informar a las autoridades para no complicar las cosas.

FUEGO AMIGO

Helena siguió con su vida hasta el viernes 30 de noviembre. Fue entonces cuando recibió una llamada de su amiga Monserrat Careta, que le pedía que fuera de forma urgente a su casa, en la que ocasionalmente vivía también su novio Santi Laiglesia, ambos del grupo de la UES. Helena cambió de rumbo: en lugar de conducir hacia la biblioteca en la que trabajaba, se dirigió al número 48 de la calle Calvet d'Estrella de Sabadell, donde vivía Montserrat. Lo que Helena no sabía era que ya nunca llegaría a presentarse en su trabajo.

Entre el viernes y el sábado, la joven fue secuestrada y narcotizada con benzodiacepinas hasta quedar inconsciente. Y, en la madrugada del domingo, alguien la desnudó, le quemó la ropa interior y, aún con vida, la lanzó desde la azotea del edificio de Montserrat.

La Policía Nacional encontró el cuerpo esa misma mañana, con quemaduras en varios puntos, marcas de cuerda y la cabeza desfigurada por la caída. Los agentes nunca barajaron el suicidio: era imposible dado el ángulo en el que había caído el cuerpo, las quemaduras, las marcas y el líquido blanquecino que se encontró en su cuerpo y que apuntaba a un abuso sexual.

NERDS Y ROLEROS, CHIVOS EXPIATORIOS DE LA ESPAÑA DE LOS NOVENTA

Según el abogado de la familia Jubany, Pep Manté, lo que sí se planteó debido a las misteriosas condiciones en las que se encontró el cadáver es que todo fuera parte de un macabro juego de rol que había ido demasiado lejos. De ser así, Helena habría sido elegida por los presuntos asesinos como víctima de un juego que incluía anónimos, bromas, amenazas y, finalmente, la muerte.

Realmente no había demasiadas pruebas concluyentes que apuntasen en este sentido, pero en la España de finales de los noventa y principios de los 2000, parecía que todos los crímenes que se cometían en circunstancias extrañas se achacaban a juegos de rol: el país vivía un auténtico pánico a este tipo de pasatiempo.

Todo estalló en 1994 cuando Javier Rosado y Félix Martínez Reséndiz asesinaron en una parada de autobús de Manoteras, en Madrid, a Carlos Moreno, un empleado de la limpieza de cincuenta y dos años con el que no tenían ninguna relación. El único motivo para acabar con la vida de Moreno fue seguir un juego de rol, llamado *Razas*, que el propio Rosado había inventado y que consistía en matar a personas con determinadas características físicas.

Este suceso saltó a la prensa de forma inmediata bajo el nombre de «El crimen del rol», lo que desató una enorme preocupación por estos juegos y una fuerte estigmatización de los niños que se pasaban horas jugando a ser magos o guerreros. Por eso, no es de extrañar que la policía tomara en consideración esta teoría en el caso de Helena Jubany.

INVESTIGACIÓN MÁS ALLÁ DEL PÁNICO

Tras descubrir los anónimos, la siguiente hipótesis de la policía fue que los autores de las cartas y los del crimen eran los mismos. De ahí que decidieran investigar al grupo de amigos de Helena en la UES: Xavi Jiménez, Jaume Sanllehí, Ana Echaguivel, Montserrat Careta y Santiago Laiglesia. Todos ellos estaban relacionados de un modo u otro con el crimen.

Xavi y Jaume no tenían coartada para el momento del crimen y ambos se contradijeron en sus declaraciones ante el juez. Además, una amiga de Helena confesó que la joven sospechaba que los anónimos eran de Xavi, ya que «se había puesto muy pesado» después de que ella «lo mandara a paseo» y, además, era el único que sabía que su bebida favorita era la horchata. Por su parte, Ana Echaguivel había tenido una fuerte discusión con Helena durante su última excursión.

Sin embargo, quienes presuntamente estaban en el punto de mira eran Montserrat y Santiago: el cuerpo de Helena fue arrojado al vacío desde la azotea del bloque de Montse, en su casa se encontraron las benzodiacepinas con las que se drogó a Helena y las mismas cerillas que aparecieron en la azotea. Y, además, la letra de los anónimos coincidía en parte con la de Montse.

El único cabo suelto era que, debido a sus gravísimos problemas de espalda, Careta habría necesitado un cómplice para transportar el cuerpo de Helena y arrojarlo al vacío. Según los investigadores, todo apuntaba a Santiago, pero sin pruebas solo pudieron detener a Montse y presionarla para que lo inculpara.

La joven, sin embargo, no habló. Y no solo eso, sino que se llevó el secreto a la tumba. En mayo de 2002, se suicidó en prisión dejando una nota.

Soy inocente porque no he causado la muerte de Helena y, para ser homicida, hay que ser ejecutor de una muerte. Me voy con la conciencia tranquila.

Nota de suicidio de Montserrat Careta

Y así, el caso fue sobreseído sin más acusados que Montse.

LA LUCHA DE UNA FAMILIA

Pese a todo esto, la familia Jubany siguió investigando el móvil del crimen y buscando a todos los implicados en él. Y, gracias a ese esfuerzo y a un completísimo reportaje del programa *Crims* de TV3, la familia pudo aportar nuevas pruebas para que el juez reabriera el caso de Helena tan solo un día antes de que prescribiera en 2021. Pruebas cruciales.

Se aportó el disco duro del ordenador de Helena en el que se encontró un e-mail de Xavi Jiménez que lo relaciona con los anónimos al mencionar directamente un examen de inglés.

> Hola Helena, ¿Cómo estás?
> Hace tiempo que no nos vemos…
> Espero y deseo que la reunión en Mallorca haya sido un éxito… Yo no pude ir porque me encontraba en un estado de desánimo y desgana muy grande… (han coincidido unas cuantas situaciones malas: la negativa en una entrevista de trabajo, examen de inglés hasta las nueve de la noche…).
> Por último, hoy iré a un concierto en el pub Griffin. Qué, ¿te apuntas?
> Te envío un abrazo.

> E-mail enviado de Xavi Jiménez a Helena Jubany,
> 2001

Con eso, la policía pudo pedir una prueba caligráfica a Xavi, la cual demostró que su letra también coincidía con la de los anónimos. Por lo tanto, las cartas, la falta de una coartada firme, el e-mail y la relación amorosa frustrada con Helena apuntan ahora presuntamente a Xavi.

Además, la policía ha analizado de nuevo, con la tecnología actual, las muestras biológicas de la ropa y el cuerpo de Helena y ha descubierto tres ADN diferentes: dos que pertenecen a hombres y un tercero cuyo género se desconoce. Por eso, la familia de Jubany ha pedido ahora en un comunicado que, cuando se obtengan los resultados definitivos, se compare ese ADN con el de los sospechosos.

Hemos pedido al juez realizar las máximas comparativas, tanto para excluir/incluir como para saber cuánta gente ha podido participar en el crimen. Cuando lleguen estos resultados de ADN se abrirá la posibilidad de que el juez instructor acuerde la comparativa con muestras de otros posibles implicados.

Comunicado de la familia Jubany,
2 de noviembre de 2022

Por todo esto, el misterioso crimen de Helena Jubany sigue sin resolver. Pero si en un principio todo apuntaba a un macabro juego de rol, ahora la principal hipótesis es que se trató de un feminicidio en el que, presuntamente, pudieron participar hasta tres personas.

LA CURIOSIDAD

El pánico llegó a tal punto que en la prensa de la época se llegó a escribir que los juegos de rol provocaban en sus jugadores «necrosis fulminantes en los tejidos de la cabeza y del corazón, aparte de desprecio por la realidad e ignorancia» (diario *El Mundo*, artículo del 9 de junio de 1994), pese a que dichas declaraciones carecían de base científica.

EL FANTASMA DE UN PÁRROCO

El antiguo edificio de la Diputación de Granada es uno de los «expedientes X» más significativos de toda la historia de España, y también uno de los más malditos. Tales eran los ataques paranormales que sufrían sus trabajadores que la Administración tuvo que permitir una investigación paranormal de forma oficial.

Para contar la historia de la antigua Diputación nos tenemos que remontar a la Granada de 1985, cuando este edificio de la calle Mesones estaba ocupado por los almacenes Woolworth, famosos porque vendían en un solo lugar diferentes tipos de productos, como ropa, juguetes o comida.

Pese a su fama y a que estaban situados en una de las calles más transitadas de Granada, los almacenes quebraron. La rumorología popular lo achacaba a que el terreno estaba maldito y a que todo lo que allí se construía fracasaba. Y los trabajadores y sus familias pudieron comprobarlo de primera mano.

«Mi madre trabajaba en los almacenes Woolworth y siempre me contaba que allí sucedían cosas paranormales. Las escaleras mecánicas se accionaban solas, las muñecas cambiaban de sitio y los trabajadores del turno de noche habían llegado a encontrarse con neblinas, orbes de luz e incluso con espíritus, por eso ni los vigilantes de seguridad querían ese turno», nos cuenta Raquel, una mujer que conoció de primera mano los almacenes.

Por su parte, el Gobierno regional achacó la quiebra de los almacenes a la crisis económica y decidió que ese era el lugar ideal para acoger la sede de la Diputación de Granada.

LAS OBRAS QUE TODO LO REMUEVEN

Comenzaron entonces los trabajos de remodelación del edificio, pero en pocos días se vieron empañados también por la fama fantasmal del lugar. Los albañiles aseguraban que los objetos cambiaban de lugar e incluso desaparecían, pero fue el arquitecto jefe del proyecto, Antonio Rodríguez, el que se llevó la sorpresa más desagradable:

> Cuando estábamos abriendo el muro para dar acceso a una nueva obra en el edificio colindante, nos quedamos estupefactos al descubrir algunos esqueletos de niños recién nacidos junto al de un adulto que habían sido emparedados.

> Extracto del libro *Casas encantadas*,
> de Francisco Contreras Gil

Este osario confirmó que la calle había tenido ese pasado trágico del que hablaba la tradición granadina. Para muchos investigadores paranormales era el origen de todos los eventos misteriosos que se habían dado en el terreno, unos eventos que se volvieron más aterradores después de que las obras removieran la tierra.

Así lo confirman las decenas de testimonios que las funcionarias de la Diputación de Granada dieron en los años ochenta a los medios locales. Aseguraban que los cajones se abrían solos cuando ellas pasaban, golpeándolas fuertemente y provocándoles moratones y heridas. También eran comunes los movimientos de objetos, los ruidos extraños o las bajadas súbitas de temperatura.

«Era *vox populi*, todas lo sabíamos pero nadie hablaba de ello. Una vez comentamos el tema y, de repente, un bolígrafo salió volando hacia nosotras», nos explica María Isabel, que trabajó allí en el año 1986.

LAS PRESENCIAS NOCTURNAS

La peor parte se la llevaron los trabajadores del turno de noche. Las señoras de la limpieza decían que mientras empujaban su carrito por los pasillos unas manos invisibles les tiraban del pelo o del uniforme e incluso las empujaban para que cayeran al suelo. Por su parte, los vigilantes de seguridad afirmaban que las máquinas de escribir se ponían en marcha solas. No solo escuchaban su inconfundible ruido, sino que los trabajadores veían como las teclas subían y bajaban sin que hubiera nadie que las tocara.

«Nadie puede hacerse una idea de lo que vivimos allí. Una noche que hubo un apagón, un compañero recibió tal mordisco en la mano que se le quedó una cicatriz de por vida. Pero no había nada humano que pudiera habérselo hecho», explica Jesús, antiguo vigilante de la Diputación.

Sin embargo, lo que más temían los trabajadores era encontrarse con lo que llamaban «el espíritu de negro». Al menos diez personas que trabajaban en diferentes áreas y no se conocían entre sí se encontraron en algún momento con el fantasma de un hombre vestido completamente de negro que medía más de dos metros y medio de altura. Según ellos, esta figura solía deambular por el sótano, dejando un halo de tristeza y negatividad a su paso, para después desaparecer atravesando las paredes.

UN PERMISO OFICIAL

En 1986, la situación se hizo tan insostenible que estos testimonios llegaron a los medios de comunicación. Inmediatamente después, el vicepresidente de la Diputación, José Luis Medina, redactó un permiso oficial para que el Grupo Omega de investigación paranormal realizara un estudio del edificio y, si fuera necesario, acabara con cualquier fuerza paranormal.

Así fue como entre el 21 y el 23 de diciembre de 1986 el Grupo Omega, capitaneado por el parapsicólogo Juan Burgos y compuesto por médicos, psicólogos y otros especialistas, pernoctó en la Diputación de Granada para hacer una investigación lo más rigurosa y científica posible.

Durante los primeros días ya registraron todo tipo de fenómenos: cambios de la temperatura, fotosíntesis invertida de plantas, alteraciones electromagnéticas, presencia de una sombra y movimiento de objetos, como archivos que se abrían solos y folios que salían volando del interior.

A lo largo de estas horas el ambiente se iba haciendo más pesado entre los miembros del grupo, pues tenían la estremecedora sensación de que alguna presencia estaba esperando el momento de atacarlos. Y su presagio se cumplió en la última noche.

EL PADRE BENITO

A la una de la madrugada, el grupo había colocado todos sus aparatos en el salón de actos del edificio y había precintado el lugar para evitar interrupciones. Juan Burgos se dispuso a comprobar sus aparatos.

Comencé a realizar lecturas de las fluctuaciones magnéticas en el muro con el medidor de campo electromagnético. Varios metros antes de llegar, el medidor empezó a detectar alteraciones. Se disparó la señal acústica y el indicador magnético enloqueció.

Extracto del libro *El Fantasma de la Diputación*, de Juan Enrique Gómez

De repente, una especie de arco voltaico, como una corriente eléctrica, salió de la pared, golpeó el medidor de Burgos y lo arrojó al suelo. Cuando Burgos intentó recogerlo sintió que algo le mordía la mano y tuvo que soltarlo de nuevo. Como prueba, al lado del pulgar le aparecieron unas marcas que el doctor Juan Rodríguez Galindo identificó con las de la dentadura de un niño. Pero ni siquiera Burgos tuvo tiempo de asimilar lo que acababa de pasar:

Estaba mirando asombrado las señales punzantes que se me habían quedado grabadas en la mano cuando sucedió algo aún más insólito: una figura luminosa surgió del muro y se desplazó pegada a la pared, hasta que poco después entró en una pequeña habitación que servía de archivo.

El ente tenía el aspecto de un hombre de unos cuarenta y cinco años, con pelo canoso, ojos pequeños y hundidos, nariz recta, labios finos y un rictus de tristeza. Llevaba ropas talares, por lo que podría identificarse con un sacerdote. Y, lo que más les llamó la atención: medía más de dos metros.

EL RETRATO ROBOT DE UN FANTASMA

Esta investigación no tardó en adquirir notoriedad en los medios. Y, con las indicaciones de Burgos, el dibujante Andrés Soria realizó un retrato robot del fantasma del «espíritu de negro» con el que tanto el Grupo Omega como los trabajadores se habían cruzado.

Tras mostrar el retrato robot, diferentes personas que habían vivido en la calle Mesones me llamaron asegurando que la imagen pertenecía a un sacerdote llamado Benito, al que la orden religiosa le prohibió entregar su fortuna a los niños pobres.

Lo que se sabe es que el padre Benito fue el último cura de la iglesia de la Magdalena, que ocupó la calle Mesones hasta que en el siglo XVIII fue derruida para construir nuevas edificaciones.

A partir de aquí, entra en juego la rumorología y la especulación. Algunos investigadores paranormales suponen que los huesos encontrados en las obras de la Diputación de Granada son los del padre Benito, al que emparedaron con niños por algún acto trágico. Otros suponen que la iglesia sirvió de orfanato y, ante una crisis económica, tuvo que deshacerse de algunos niños. Y hay quienes creen que en la iglesia se realizaban abortos clandestinos y que se escondían los fetos en las paredes. La rumorología local incluso acusa al padre Benito de haber emparedado a esos bebés.

En cualquier caso, esta es, según el Grupo Omega, la tragedia por la que el edificio atrae lo paranormal, y también el motivo por el que el padre Benito está encerrado en el lugar.

EN LA ACTUALIDAD

Desde entonces, la Administración regional no ha vuelto a consentir que se realice una nueva investigación paranormal. A finales de los años noventa, el edificio se remodeló por completo y pasó a manos del Ministerio de Hacienda. Hoy en día, allí se encuentran las oficinas del Catastro y, aunque en los últimos años, no se han registrado ataques paranormales significativos, el misterio sigue vivo.

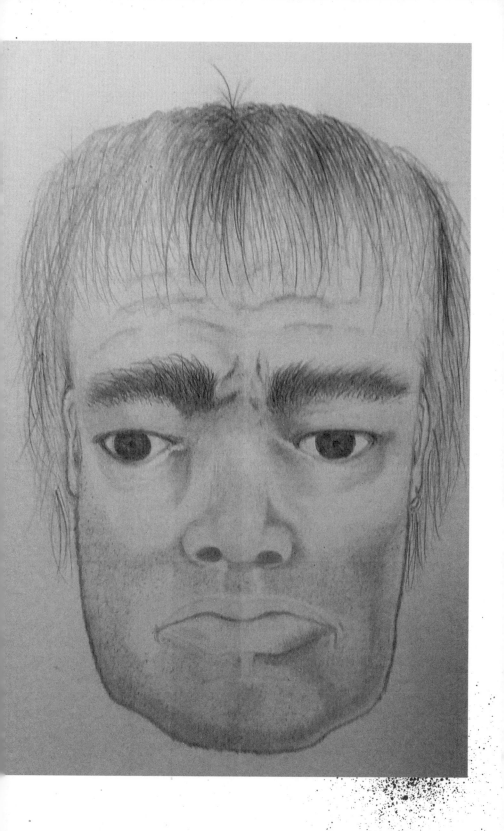

LA CASA SANGRANTE

Llorar sangre es algo más que una expresión para los vecinos de Arroyo de la Luz. En 1985, cuatro de los más ilustres vecinos del pueblo (el alcalde, el farmacéutico, el médico y el jefe de la Guardia Civil) fueron testigos de un hecho insólito: de las paredes de una casa baja brotaba tal cantidad de sangre humana que el suelo se acabó encharcando.

LÁGRIMAS DE SANGRE EN LAS PAREDES

Agosto de 1985 en el pequeño pueblo cacereño de Arroyo de la Luz. En el número 28 de la calle Gabriel y Galán, bajo un sol de justicia, se encontraba la casa de los Castaño. En ella vivían de forma tranquila Eleuterio Castaño, el cabeza de familia, Dolores, su esposa, y las hijas de ambos. La noche del 9 de agosto, sin embargo, un extraño suceso lo cambió todo.

Al caer el sol, Dolores se levantó para abrir las ventanas de la habitación de sus hijas, pero pronto se dio cuenta de que cada vez que caminaba los pies se le quedaban pegados a una sustancia viscosa que cubría completamente el suelo. La mujer levantó la vista y se dio cuenta de lo que estaba pasando: de las paredes brotaba tal cantidad de sangre que el suelo de toda la casa estaba encharcado.

Dolores gritó para avisar a su marido, que comprobó con sus propios ojos cómo la sustancia roja y pegajosa bajaba hasta el suelo. ¿Era posible que se tratara de sangre humana? Aterrados ante esa posibilidad, los Castaño llamaron a la Guardia Civil.

Para cuando el agente llegó al lugar ya no brotaba sangre de las paredes, pero todo seguía manchado y encharcado. Sin saber cómo proceder más allá de realizar los análisis pertinentes, el agente llamó a Felicísimo Bello Merino, el alcalde, que a su vez avisó al médico Pedro

Romero y al farmacéutico Antonio Sanguino para que atendieran a la familia, visiblemente afectada.

Mientras el médico calmaba a Dolóres, Sanguino recogió una muestra de sangre y la puso al microscopio. Tal y como indicaba la concentración de hematíes y glóbulos blancos, se trataba de sangre humana.

ENTRE LO PARANORMAL Y LA BARBARIE

Pero ¿cómo podía brotar sangre humana del interior de las paredes de una casa? Los vecinos de la zona elucubraron rápidamente algunas teorías y, como era de esperar, muchas apuntaban a lo paranormal.

Los más tradicionales decían que los Castaño habían hecho algún tipo de promesa ante la Iglesia que no habían cumplido, por eso Dios o la Virgen les mandaban ahora la sangre como castigo.

Otros apuntaban a que, antes de la Guerra Civil, una madre había matado y enterrado a su hija en la casa. Por eso, el lugar había quedado encantado y ahora los Castaño sufrían un fenómeno *poltergeist*.

Lo cierto es que de las averiguaciones de la Guardia Civil no se llegó a saber nada más, pero en el año 2000 el doctor Sanguino ofreció su teoría oficial en una entrevista concedida al periodista Julio Barroso.

Sanguino afirmó que Eleuterio Castaño, un hombre tradicional y muy religioso, al parecer no habría soportado que una de sus hijas hubiera tenido relaciones sexuales con algún mozo del pueblo antes de casarse. Y mucho menos que se hubiera quedado embarazada, como acabó pasando. Por lo que un aborto casero sería la causa de toda la sangre.

«Allí lo que pasó es que una de las muchachas, no se sabe cuál de ellas sería, se embarazó y para que no se enteraran en el pueblo tuvo un aborto en la casa, lo llenó todo de sangre y la señora (Dolores) se asustó. Trataron de limpiarlo todo, pero como pasaba la gente por la calle pues formaron todo el alboroto», contó el doctor.

UNA VERSIÓN PARA ALEJARLOS A TODOS

El caso saltó rápidamente a la prensa, primero local y luego nacional. Periodistas, investigadores paranormales y demás curiosos se plantaron en la ya bautizada como «la casa sangrante». Los Castaño habían pasado de ser una familia anónima a sentir las miradas de sospecha de sus vecinos.

Poco después de todo eso, Eleuterio Castaño dio un giro en su argumentación y aseguró que toda la sangre que había en las paredes y en el suelo se debía a que a su mujer le habían explotado unas graves varices que tenía en las piernas.

Sin embargo, los médicos consideraron que era casi imposible que tal cantidad de sangre brotara de unas varices, por lo que la creencia más extendida es que Eleuterio ofreció esa nueva versión para alejar a todos aquellos que se arremolinaban en su casa y para calmar los ánimos en el pueblo.

A LAS DOCE EN PUNTO
DE LA NOCHE

Nada más llegar la hora bruja, un edificio completamente normal
de San Sebastián se convertía en poco menos que un infierno:
seres intangibles, golpes y músicas funerarias llenaban
el bloque de arriba abajo.

Era el año 1932, la ciudad costera de Donostia era una localidad tranquila
y apacible, el lugar de recreo para la alta sociedad de la época. Pero esa
paz no se extendía a los vecinos del número 73 de la avenida de Atego-
rrieta. Allí se situaba la casa Leku Eder Berri, que en castellano significa «un
lugar nuevo y hermoso», un edificio de seis plantas y fachada amarilla que,
al marcar las doce de la noche en el reloj, se convertía en una pesadilla.

GOLPES Y ESTRANGULAMIENTOS

Por aquel entonces, el caos cundía por todo el edificio, tal y como pudo
comprobar la Guardia Municipal de San Sebastián en julio de 1932. Un
caluroso día de verano, varios vecinos de la casa se acercaron hasta la
comisaría para poner una curiosa denuncia.

Los alterados inquilinos aseguraban que, al dar la medianoche, empezaban a suceder todo tipo de fenómenos paranormales en el edificio:
sufrían ataques físicos a manos de unos pequeños seres, los objetos se
caían de los estantes, las sillas volcaban... Así lo publicó *La Voz de Guipúzcoa*, tras acceder al informe policial.

La casa se puebla de seres intangibles, se oyen gritos lastimeros, músicas funerarias,
maullidos, carreras, pasos fuertes. Los inquilinos son agredidos por seres invisibles

pero que dan fuerte (una puntualización importante) y hasta parece que tienen el propósito de estrangular a los inquilinos. [...] Las puertas de las habitaciones se abren con ganzúas invisibles y todas las mañanas aparecen papeles quemados en los hornillos de la cocina.

La voz de Guipúzcoa,
julio de 1932

Lo cierto es que como el problema de estos vecinos era del más allá, los guardias municipales, las fuerzas del más acá, poco pudieron hacer: no llegaron a ninguna conclusión clara. Entonces ¿qué pasó en el edificio?

DUENDES EN LEKU EDER BERRI

Muchos podrían pensar que la casa estaba siendo atacada por un *poltergeist*, un fenómeno paranormal que consiste en el movimiento de objetos, golpes, sonidos inexplicables. Pero este fenómeno no se caracteriza por la aparición de seres.

Lo que sí encaja con lo que sucedió en la casa Leku Eder Berri es un *poltergeist* en sentido literal, ya que esta palabra alemana se traduce textualmente como «duende travieso». Lo que realmente amenazaba este edificio, eran duendes, no fantasmas.

Según el folclore, los duendes son criaturas de forma humana y tamaño pequeño, que pueden ser físicas o espirituales. Conviven con los humanos y tienen el poder de alterar su entorno.

Pueden ser duendes domésticos, que se esconden en viviendas abandonadas para gastar bromas pesadas, duendes vampiros que se alimentan de la energía de las personas, o duendes burlones, que se dedican a tirar objetos, atacar a los humanos y crear problemas, tal y como sucedía en la casa Leku Eder Berri.

Después de esa noche, nunca se ha vuelto a saber nada sobre los posibles duendes de Leku Eder Berri, aunque en Zaragoza y en Cuenca se han registrado fenómenos similares que también se han achacado a estos seres.

LA CURIOSIDAD

El origen de los duendes se encuentra en la época del Imperio romano, cuando se creía que algunos dioses menores vivían en los hogares para proteger o dañar a la familia. Los nórdicos tenían una creencia similar, aunque para ellos estos pequeños dioses estaban relacionados con la naturaleza. Sin embargo, el aspecto que les atribuimos ahora —traviesos hombrecillos vestidos de verde— es el de los *leprechaun* irlandeses. Son seres mitológicos que, bajo una forma u otra, se encuentran en casi todo el folclore europeo.

EL CRIMEN
DE LA HABITACIÓN CERRADA

Se cumplen algo más de cuarenta años de uno de los crímenes más extraños de España: un hombre es apuñalado 63 veces en una habitación cerrada por dentro. ¿Cómo pudo el asesino entrar y salir? Este es el misterio del Hostal El Cónsul, en la región de Murcia, un lugar que se ha alimentado de las energías negativas de ese crimen y se ha convertido en uno de los lugares más encantados del país.

El Hostal El Cónsul debe su nombre a su célebre propietario Alfonso Martínez Saura, cónsul de España en Costa de Marfil durante varios años. Se describe a menudo a Martínez Saura como un hombre extravagante y desconfiado, cuyo hostal se había convertido en todo un éxito gracias a las fiestas de alto copete que allí se celebraban hasta altas horas de la noche y a una atención casi 24 horas.

EL CRIMEN

La tarde del 27 de marzo de 1982, uno de los trabajadores del hostal pasó por allí y, contra todo pronóstico, vio el lugar cerrado y decidió llamar a las autoridades.

El aviso lo recibió el policía local Antonio Mata, un buen amigo de Martínez Saura que, al acabar su turno, no dudó en romper la ventana de la cafetería del hostal para revisar el lugar de arriba abajo.

La sorpresa fue mayúscula: al lado de la barra del bar, en mitad de un enorme charco de sangre, se encontraba el cadáver de Alfonso Martínez Saura. Se trataba claramente de un crimen violento, pero un detalle complicaba sobremanera la investigación: todas las puertas y ventanas del hotel estaban cerradas por dentro, con sus respectivos cerrojos echados desde el interior de las habitaciones. ¿Cómo se las había arreglado el asesino para entrar y salir?

LA INVESTIGACIÓN

El informe de la doctora de Urgencias que certificó el fallecimiento del antiguo cónsul no hizo más que aportar incógnitas. Saura había recibido 63 puñaladas causadas por una pequeña arma punzante, ninguna de ellas en órganos vitales, lo que sugería que el asesino había querido provocar una larguísima agonía al excónsul antes de acabar con su vida. Además, en la mano de Saura se encontró un mechón de cabello de una persona aún sin identificar, posiblemente de su agresor.

Por lo demás, la investigación dio poco de sí. Dos días después, en un camino cercano, se encontró la cartera del fallecido con todo su dinero y sus pertenencias, pero el arma del crimen nunca apareció. Los huéspedes del hotel, por otro lado, no aportaron ninguna pista relevante.

La policía barajó todas las hipótesis: un ajuste de cuentas, un crimen pasional o un robo de los valiosos objetos que traía de África. Pero, como confirma Mata, siempre se trabajó con el supuesto de que el asesino era alguien conocido. Primero, porque pensaban que Saura tenía que haber dejado entrar a su asesino y segundo, porque un crimen con tal ensañamiento indicaba motivos personales. Pero, aunque hubo sospechosos, nunca se llegó a imputar a nadie.

LA INVESTIGACIÓN PARANORMAL

Sin embargo, hubo un detalle de la investigación que no pasó por alto a los amantes del misterio. Días antes del asesinato, Saura había empezado a hablar de la posibilidad de que hubiera fantasmas en el hostal. Aseguraba que había entidades que se dedicaban a llamar continuamente al timbre. Por eso, pronto se extendió por Murcia el rumor de que el verdadero asesino de Saura debía de ser precisamente un fantasma, un ente al que no le afectaban los cerrojos.

El investigador paranormal Antonio Pérez, que realizó varias pruebas en el lugar, señaló a una entidad en concreto: la Santa Compaña.

Corría el año 2004, era bastante tarde, estábamos ya fuera del edificio guardando los equipos en los coches, cuando vimos deambular una extraña silueta neblinosa por el interior del inmueble, aunque allí no había nadie. Un año más tarde, observamos unas misteriosas luminarias que deambulaban por la parte trasera del hostal, como si fueran en dirección a la cima del cerro. Nos dio la impresión de que estábamos viendo a la Santa Compaña. Algún tiempo después, en 2009, contactamos con un grupo de amigos de entre 25 y 35 años, naturales de esa zona, y nos comentaron que durante años habían sido testigos de extraños fenómenos en el hostal. Nos dijeron que una noche, varios de ellos habían visto una fila de hombres con una especie de túnicas negras, que iban encapuchados y portaban tenebrosas luces.

Declaraciones de Antonio Pérez
a la revista *Año Cero*, número 252

Por otro lado, en el año 2010 la visita al lugar de la Sociedad Española de Investigaciones Parapsicológicas dio como resultado unas clarísimas psicofonías en las que parecen escucharse los ecos del crimen. «Aquí nací, muero aquí» y «Por mentir, cerdo, ¡muere por mentir!» son dos de las más célebres

EN LA ACTUALIDAD

Humano o fantasma, lo cierto es que nunca se ha encontrado al asesino de Alfonso Martínez Saura. Mientras, su hostal permanece vacío y abandonado. Lo que está claro es que ya sea porque estaba encantado antes del crimen o por el crimen en sí, en el lugar se respira un aura de misterio.

Son muchos los que visitan el hostal cada año en busca de una dosis de sucesos paranormales y no se marchan defraudados: psicofonías, golpes, gritos y vientos helados son solo algunos de los fenómenos paranormales que siguen detectándose habitualmente en el Hostal El Cónsul.

EL DATO

Pese a que el crimen sucedió hace ya más de cuarenta años, actualmente el edificio se encuentra abandonado, deteriorado, sin muebles y lleno de pintadas. Y, de momento, las autoridades locales confirman que rehabilitarlo no es una prioridad.

NO ESTÁS SOLO
CUARTA PARTE

¿ALGUNA VEZ TE HAS SENTIDO OBSERVADO
ESTANDO SOLO EN CASA? ¿HAS ESCUCHADO PISADAS CUANDO NO
HABÍA NADIE? ¿O SUSURROS QUE TE DESPIERTAN EN MEDIO DE LA NOCHE?
NO ERES LA ÚNICA PERSONA QUE HA VIVIDO UNA EXPERIENCIA PARANORMAL.
INCLUSO NOS ARRIESGAMOS A DECIR QUE TODO EL MUNDO EN ALGÚN MOMENTO
DE SU VIDA HA VIVIDO ALGO QUE NO PUEDE EXPLICAR, AUNQUE LA MAYORÍA DE
LAS PERSONAS NI SIQUIERA SE ATREVAN A ADMITIRLO. SON EXPERIENCIAS
ÚNICAS TAN ATERRADORAS COMO MÁGICAS QUE NOS ENSEÑAN ALGO
DE VITAL IMPORTANCIA: POR MUCHO QUE CREAMOS SER LOS ÚNICOS,
JAMÁS ESTAREMOS COMPLETAMENTE SOLOS. NUNCA.

UNA AMIGA MUY ESPECIAL

Nunca explicaron lo que vieron, pero les tuvo chillando hasta que cerraron la puerta del trastero.

Piteas

Año 1990 en Madrid. Por aquel entonces, el hermano de Piteas iba al instituto y allí conoció a otro chico al que llamaremos Pablo (para preservar el anonimato), protagonista de esta historia. Un día de otoño, el hermano de Piteas fue a pasar la tarde a casa de su amigo, ubicada en el barrio de las Delicias.

A eso de las siete y media, se dispuso a marcharse, pero Pablo le insistió para que se quedara un poco más porque no quería estar solo en casa. Horas después, su novia llegó al piso y los dos amigos se despidieron.

Si por algo se caracteriza el hermano de Piteas es por ser una persona decidida. Así que a la mañana siguiente y tras haberle estado dando vueltas al mismo tema se acercó a Pablo y le preguntó:

—¿Estás bien con tu familia?

—Sí... ¿Por qué? —respondió Pablo desconcertado.

—Porque ayer no querías quedarte solo en casa y me pareció raro... Pensé que tenía que ver con algo de tu familia...

Pablo, incómodo, hizo ademán de marcharse, pero reculó.

—Es que... Tengo... Tengo miedo del fantasma que hay en mi casa. Si no te vas a reír de mí y esperas a que terminemos las clases, te lo cuento todo.

Su amigo se quedó petrificado. ¿Lo había escuchado bien? Esa tarde de viernes, aprovecharon para ir a una terraza a tomar algo para que Pablo le pudiera explicar mejor qué estaba pasando.

Por lo visto, su familia se había mudado del pueblo hasta el barrio de las Delicias hacía dos años. Tanto Pablo como sus padres y su hermano pequeño habían tenido que acostumbrarse a la idea de vivir en un bloque de pisos repleto de gente. Venían de una zona prácticamente desconocida, con muy pocos habitantes y mucha calma a su alrededor.

Su nueva casa tenía un pasillo muy largo al que daban varias habitaciones. Al fondo había un pequeño trastero con una ventanita.

La primera noche les costó dormir a todos. Acostumbrados al silencio del pueblo, ahora se sentían aturdidos con el sonido de los coches y el bullicio de la capital. Pero esos ruidos cotidianos y propios de las ciudades pasaron desapercibidos cuando empezó la actividad paranormal.

LA MUJER DEL PASILLO

No recordaba qué hora era, pero era tarde. Su madre zarandeaba a sus hijos, histérica, para despertarlos lo más rápido posible. De su boca salían unas palabras que Pablo tardó en procesar: «¡Un ladrón! ¡Ha entrado un ladrón!», gritaba a media voz para que el intruso no la descubriera.

Segundos después, en el pasillo apareció el padre en calzoncillos, todavía con legañas en los ojos y una escoba en la mano a modo de arma.

Pablo y su padre empezaron a abrir una por una las habitaciones de la casa. En ninguna de ellas había nada fuera de lo normal y mucho menos un intruso. Cuando terminaron la ronda se quedaron mirando desconcertados a la mujer que seguía temblando y encogida en su bata.

—Te lo habrás imaginado —comentó el padre dejando la escoba y poniendo rumbo a su habitación. Todos se dieron la vuelta excepto el menor de la familia.

—Yo también lo he escuchado —interrumpió el hijo pequeño—. No es la primera vez que lo oigo. Es una mujer y vive dentro de nuestra casa. Lo que pasa es que no sé dónde está.

Tras un silencio incómodo, el padre intentó hacer entrar en razón a su mujer y al pequeño. «Seguro que son los vecinos», argumentaba una y otra vez.

Sin embargo, estas expediciones nocturnas se repitieron más de una vez. Para su sorpresa ya no eran ellos dos los únicos que la escuchaban. El padre de Pablo e incluso él mismo llegaron a despertarse alguna

noche con la voz de una anciana que sonaba a altas horas de la madrugada dentro de su casa.

En una ocasión, los susurros se convirtieron en llantos. Un lamento constante taladraba la mente de la familia. El padre se levantó de la cama, harto de soportar esta situación y mandó a su hijo Pablo que lo acompañara.

Era surrealista pero allí estaban ellos dos, a punto de mandar callar a un fantasma.

Aunque por una parte le parecía absurdo, por otra estaba muerto de miedo. Esos lamentos sonaban tan fuertes, tan reales... Propios de una persona de carne y hueso...

Pablo nunca le llegó a contar a Piteas lo que había visto en el trastero, pero lo que sí le dijo es que vieron a la anciana y era tan horrible y daba tanto miedo, que a las siete de la mañana su padre llamó a un obrero para que tapiara la habitación. «¿Está usted seguro? ¿Quiere quitar espacio a la casa?», le preguntó el hombre con las herramientas en la mano. Sin discutir, se puso manos a la obra.

Pero un muro de yeso no hizo callar a la presencia que habitaba allí dentro. En ocasiones, la mujer seguía llorando o incluso riendo a altas horas de la madrugada. Con el tiempo, empezó a rascar la pared como si quisiera salir de allí o recordar a la familia que no estaban solos, que en esa casa nunca lo estarían.

UN GIRO INESPERADO

Con el tiempo, Pablo empezó a ir al psicólogo y el padre pidió doble turno en el taller para pasar el mínimo tiempo posible en casa. Pasaron los años, hasta 1992, verano en el que pilló a su padre besándose con otra mujer. A partir de ahí todo empeoró más en casa.

Discusiones, un padre que lo negaba todo, peleas en el matrimonio e hijos que se encerraban en su cuarto para evitar escuchar los gritos. Una situación difícil que les impidió disfrutar del sol, del buen tiempo y de las vacaciones.

Finalmente, como era de esperar, el matrimonio se acabó separando. A partir de ahí, la madre empezó a pasar más tiempo sola, sentada en silencio en el salón con su café o mirando por la ventana y pensando repetidamente si la culpa era suya. El mayor, por su parte, pasaba todo el día fuera de casa y el hermano pequeño se evadía de la realidad inmerso en los libros.

Durante el invierno y hasta que el divorcio se formalizase, la madre tuvo que aceptar varios trabajos para afrontar los gastos. Por la mañana estaba en un comedor, por la tarde limpiaba en una guardería y por la noche fregaba fábricas.

Todas las madrugadas volvía a casa agotada, sin ánimo ni ilusión; ni siquiera tenía miedo de quedarse sola. Las únicas energías que le quedaban las gastaba en encender el reproductor de música antiguo y escuchar canciones hasta quedarse dormida.

Una de esas tristes madrugadas, la madre de Pablo se dio cuenta de algo: a la anciana o lo que quiera que continuaba rascando al otro lado de la pared (y ya formaba parte de la casa) le gustaba la música. Se dio cuenta porque, al cambiar de disco, escuchó a la voz tararear una de las canciones que acababa de reproducir. Cuando pegó la oreja a la pared supo que se trataba de ella.

Harta de la vida, del miedo, de las facturas y de toda la basura que la ahogaba, la madre acercó un altavoz y una silla al final del pasillo, donde estaba el cuartito tapiado, y se puso un vaso de vino mientras cantaba junto a la anciana hasta caer rendida.

Horas más tarde, el hermano pequeño se la encontró y temió que su madre se hubiese vuelto loca. La llevó a la cama, apagó la música, cerró su cuarto y en lugar de devolver a su sitio la silla que estaba al final del pasillo, se derrumbó sobre ella.

Hasta mucho tiempo después no se lo contaría a su madre, pero lo cierto es que el menor aprovechó ese momento para ponerse a hablar con la anciana. Sí, parece algo surrealista. Pero el joven se dirigió a ella como si fuera su abuela, con la misma cercanía. Esa noche no obtuvo respuesta, ni siquiera un rascar de la pared. Nada. Pero sí es cierto que se fue a la cama sintiéndose mucho mejor que en los últimos meses.

Una dinámica que ambos repetirían durante un largo periodo de tiempo. Cuando Pablo se enteró de que su madre y su hermano «hablaban» con el fantasma los tachó de locos. Les recomendó que fueran al psiquiatra y se dejaran de historias.

Al contrario que ellos, Pablo hacía tiempo que había olvidado la presencia de su casa. La etapa complicada por la que estaba pasando, sumada a la adolescencia y todo lo que esa etapa conlleva, le hicieron centrar su atención en otros asuntos.

UN FANTASMA MUY ESPECIAL

Poco a poco, el piso madrileño volvió a llenarse de música: boleros, blues, jazz y canciones clásicas que animaban el ambiente. Si antes todos buscaban compañía, ahora esperaban con ansia a que llegara el momento de quedarse solos para poder hablar con ella, con la anciana del trastero.

La madre no faltaba nunca a su copita de vino nocturna y el pequeño solía sentarse a leer en silencio, al lado de la habitación tapiada. De vez en cuando, le contaba a la anciana anécdotas divertidas que le habían ocurrido en el día.

Hasta el propio Pablo acabó buscando ese momento de compañía junto a la anciana, aunque no lo admitiría hasta muchos años después. Durante los últimos meses que vivió en aquel piso antes de independizarse, entabló una amistad o una especie de vínculo con el espíritu. En las madrugadas, se levantaba y se sentaba al final del pasillo para susurrar cosas a la pared. Y en alguna ocasión, el joven llegó a escuchar una risita amable al otro lado del tabique.

EL MOMENTO DE DECIR ADIÓS

En el año 1996, tan solo la madre de Pablo y su hermano pequeño vivían en la casa. Por aquel entonces, comenzó a rumorearse que los dueños iban a vender el bloque y por eso la familia decidió mudarse a otro barrio.

A esas alturas, madre e hijo llevaban casi un año sin escuchar respuesta al otro lado de la pared, pero las rutinas de charlas y copas al lado de la pared, con la esperanza de volver a escuchar algún día una respuesta, no habían cambiado.

Cuando abandonaron la casa, a sabiendas de que el bloque sería derruido y que en su lugar se construirían apartamentos totalmente nuevos, a ambos les invadió una sensación de tristeza. Sabían que era hora de decir adiós a esa etapa, en la que habían pasado por malos momentos, pero en la que también habían experimentado algo mágico que jamás se volvería a repetir.

Una vez se fueron, parece ser que aquella entidad se quedó allí, entre las cuatro paredes de aquel viejo edificio. En su nueva casa, la familia de Pablo jamás ha vivido nada parecido y aunque están bastante bien, siguen echando de menos esos momentos más cercanos junto al espíritu de la anciana, a la que al final acabaron queriendo como a una más de la familia.

En lugar del bloque, ahora se levanta una bonita y limpia urbanización. Un lugar en el que no ocurren los dramas obreros de los noventa, en el que es impensable imaginar algo terrorífico, en el que difícilmente pasará algo maravilloso.

PITEAS

EL ENCUENTRO
CON UN ANTEPASADO

Detrás de la cortina había un hombre. Lo sé porque veía la silueta de una persona alta que estaba tapándose con la cortina y se veía cómo sus dedos agarraban la tela.

Sheila

Ocurrió en octubre, en un otoño lluvioso. Momento del año en el que los días son más cortos y anochece a lo largo de la tarde.

Aquel día Sheila se acuesta pronto. Está cansada y el cuerpo le pide reposo, así que se va a la cama a eso de las once. Da las buenas noches a sus padres y sube a su habitación. No recuerda mucho más allá de meterse en la cama y cerrar los ojos.

Pasadas las horas, en medio de ese profundo sueño, un ruido despierta a Sheila. La manta que había dejado sobre su silla la noche anterior se ha caído al suelo.

Algo confundida, abre los ojos pensando que quizá ya es de día y que su madre no va a tardar en ir a despertarla pero se da cuenta de que toda la casa sigue a oscuras, y a través de las ventanas, la oscuridad se extiende al resto de las calles.

Mira su reloj apoyado en la mesilla: la 1.47 de la noche. Todavía tiene tiempo para descansar y se acomoda en la cama. Pero en el momento en el que se dispone a dormir, algo le llama la atención.

Hay un hombre en su habitación.

«Miro hacia la silla y al lado izquierdo de esta, a unos tres palmos de mi cama, veo a un hombre arrodillado en el suelo mirándome», comenta Sheila.

La joven tensa el cuerpo, los músculos se le contraen y se le aceleran las pulsaciones del corazón. Está petrificada, no sabe si lo que está viendo es real o fruto de una terrible pesadilla.

Una idea fugaz le pasa por la cabeza y reacciona tirando un cojín hacia la esquina. Aparta los ojos de aquel punto una milésima de segundo para alcanzar el cojín y, cuando vuelve a mirar hacia allí, se da cuenta de que ya no hay nadie.

El rebotar de la almohada le confirma que fuera lo que fuese lo que estaba ahí arrodillado, ha desaparecido.

UN FAMILIAR MUY CERCANO

A la mañana siguiente decidió contarle todo lo sucedido a su madre. Ella escuchó con atención y pareció reconocer algunos aspectos de la historia. Su hija le describió a aquel hombre «alto, larguirucho y con el pelo corto». Tras un momento de reflexión, su madre se fue al despacho y volvió con un viejo álbum de fotos. Segundos después, encontró una página amarillenta con fotos en blanco y negro.

La madre de Sheila le pasó el libro a su hija y le preguntó: «¿Es este hombre del que hablas?». Sheila asintió. «Este es tu abuelo», le dijo su madre.

La joven jamás había conocido a su abuelo. Ni siquiera en fotos y mucho menos en vídeos. Había fallecido cuando su madre tenía siete años y su muerte le había causado tal trauma que jamás había sido capaz de hablar de él más allá de unos pocos rasgos que lo caracterizaban.

Esa misma tarde, su madre y su tía pasaron un rato al teléfono. Durante la llamada, le contó la experiencia que había tenido Sheila aquella noche, sin esperarse la respuesta de su hermana: «Mi hija también ha visto a ese hombre».

La prima de la protagonista, que por aquel entonces tenía cinco años, despertó a sus padres a gritos durante la noche. Por lo visto, esa figura se le había aparecido en el baño y había cogido tanto miedo al cuarto de baño que prefería hacerse sus necesidades encima antes que entrar allí.

«No nos contó lo que pasó, pero sí lo que vio», explica Sheila, «Vio a un hombre escondido en la ducha. Tenía la cortina agarrada con una mano y le asomaban los dedos».

SEGUNDO ENCUENTRO CON LA ENTIDAD

Meses después de los extraños acontecimientos, Sheila se despertó de madrugada al escuchar cómo la puerta de su habitación se abría. Al igual que la primera vez, pensó que quizá era su madre, pero se dio cuenta de que todavía era de noche. Concretamente la 1.47 otra vez.

La chica abrió los ojos para comprobar que la puerta de su cuarto estaba cerrada y respiró tranquila al ver que era así. Sin embargo, una silueta le llamó la atención: la misma que había visto semanas atrás.

En esta ocasión, la figura se escondía tras la cortina de su ventana. Estaba inmóvil, con los brazos pegados al cuerpo. Lo único que se veía con claridad eran los dedos que le asomaban por uno de los lados de la cortina, agarrados a la tela.

La chica se armó de valor y le preguntó qué es lo que quería, pero la figura no se movió. El silencio le provocó un escalofrío. «¿Y si no era mi abuelo? ¿Y si aquella cosa era algo peor?».

Asustada, se tapó con la sábana e intentó mantener la calma. No quería gritar. Pero notaba cómo aquel ente se acercaba a ella y comenzaba a tirar de la sábana lentamente, cada vez con más fuerza, para que Sheila pudiera verle de cerca.

Histérica, la chica gritó hasta dejarse la garganta. De pronto esa cosa pareció espantarse; la lámpara de la mesilla cayó al suelo y la puerta se cerró de un portazo. Sus padres, que estaban viendo la televisión en la planta baja, se levantaron de un salto del sofá y subieron corriendo a ver qué es lo que estaba pasando.

Cuando llegaron a la habitación se encontraron a su hija en shock. Sheila no era capaz de decir nada. Le temblaban las manos, se aferraba a la sábana con los dedos y tenía el cuerpo empapado en sudor.

Después de aquel grito, la joven pasó una semana sin poder hablar.

VISITA A LA TUMBA DE SU ABUELO

Esos encuentros despertaron algo en Sheila. A pesar de haber sido terroríficos, la joven tenía la sensación de que su abuelo simplemente quería conocer a sus nietas.

Aprovechando que se habían ido de vacaciones al pueblo de su madre, a Granada, la joven se acercó una mañana al viejo cementerio de la zona y se sentó en frente de la tumba de su abuelo.

Sheila estuvo hablando horas ante la lápida, le contó sus preocupaciones, su vida y sus planes de futuro. Se sintió bien, como aliviada. No esperaba ninguna respuesta o señal por su parte, solo quería hacerle ver que su nieta no se había olvidado de él ni lo haría jamás.

A partir de entonces, cada vez que van al pueblo, Sheila hace una visita a su abuelo. Desde ese momento jamás se le ha vuelto a aparecer. Ni a ella ni a su prima pequeña. Es como si esas manifestaciones hubieran sido avisos, una manera de decirle a sus nietas que estaba ahí con ellas y que no se olvidaran de su existencia.

«Desde entonces, siempre que voy al pueblo, le hago una visita para que sepa que nos seguimos acordando de él», dice Sheila.

LOS INQUILINOS DEL MÁS ALLÁ

Vi tan nítidamente a esa entidad que me quedé mirándola fijamente... Nunca he sido miedosa, pero en esa casa sucedían cosas muy raras.

Laura

En 2018 Laura se compró una casa que cumplía con todas sus expectativas. Estaba ubicada en medio de un frondoso bosque y alejada de cualquier centro urbano, tenía tres plantas, grandes ventanales y una finca que se perdía en el horizonte.

Las ganas de comenzar esta etapa eran tan grandes que Laura se mudó a su nuevo hogar antes de terminar la reforma. Marta, su pareja, en ocasiones también pasaba algunos días con ella. Ambas se dedicaban a pintar, arreglar muebles y rediseñar el interior de la que sería su futura casa.

Los primeros días fueron emocionantes. Tanto, que la salud de Marta empezó a sufrir altibajos. Reacciones alérgicas, resfriados puntuales, fiebre, gripe... Ambas llegaron a bromear sobre que la casa le sentaba mal a Marta, sin ser conscientes de la verdad de sus palabras.

Una tarde, mientras las chicas se arreglaban para ir a cenar, ocurrió el que sería el primer hecho inexplicable y quizá paranormal de esta historia. Laura se acercó al salón y desde allí vio a su novia en la cocina, recogiendo la ropa recién lavada. Se quedó mirándola unos instantes antes de seguir arreglándose y, tras recorrer apenas dos metros en dirección al aseo, se topó de frente con su novia. Imposible. Si Marta estaba frente a sus narices... ¿quién era la otra figura que había en la cocina?

La cara de sorpresa alertó a su pareja. «Laura, ¿estás bien?», le preguntó.

La joven sacudió la cabeza y dio marcha atrás hasta llegar a la cocina.

Allí no había nadie, ni siquiera estaba la ropa tendida. ¿Cómo era posible? Sabía perfectamente lo que había visto: una tercera persona dentro de su casa que había desaparecido en apenas unos segundos.

SUSURROS DE ULTRATUMBA

Al principio, las dos pasaron por alto lo ocurrido, pero el siguiente acontecimiento paranormal involucró a su hijo y fue tan claro y evidente que ambas, pese a ser totalmente escépticas, empezaron a creer que los fantasmas existen.

Una noche, Marta acostó a su hijo en la habitación ubicada en la primera planta, donde había una cuna. Arropó al niño, lo besó en la frente y encendió el monitor de bebés para escuchar si el pequeño lloraba desde el cuarto de matrimonio de la segunda planta.

Poco antes de dormir, mientras las dos hablaban tumbadas en la cama, el monitor de bebés comenzó a emitir un ruido distorsionado, así que subieron el volumen del aparato y prestaron atención.

En la habitación del bebé se escuchaban las voces de dos mujeres ancianas que hablaban entre ellas.

«¿Has oído eso?», preguntó Marta, horrorizada.

Laura negó con la cabeza. Lo había escuchado perfectamente, pero no quería que su pareja entrara en pánico. Marta bajó al cuarto de su bebé para asegurarse de que todo estaba bien y unos minutos después subió de nuevo a la habitación. Ambas se fueron a dormir, aunque esa fue la primera noche en la que Laura no descansó. Estaba intranquila porque sentía que allí había alguien más con ellas. Algo que no podían ver, pero sí sentir.

Semanas después, uno de los días en los que Laura estaba sola, hablaba por teléfono tranquilamente con su pareja cuando sucedió algo que la dejó helada.

Iba de camino a la cocina cuando vi una caja perfectamente colocada en la encimera que se estampaba con fuerza contra uno de los cajones. Pensé que eran mis mascotas, que habrían alcanzado el objeto, pero al darme la vuelta vi que todas estaban en sus respectivas camas, lejos de la cocina.

A partir de ahí, la actividad paranormal se incrementó. Una noche de la semana siguiente, acostar al niño fue especialmente difícil. Laura tuvo que sacar a los perros de la cama hasta tres veces, algo que no era normal en ellos. Estaban bien adiestrados y sabían cuándo tenían que dejarse de juegos, pero esa noche era como si no quisieran que el pequeño se tumbara en la cama. Como si no quisieran dejarlo solo.

Finalmente, consiguieron acostar al niño y cuando ambas estaban a punto de dormir este habló a través del monitor:

Oye mami, aquí hay una ancianita que no deja de decir mi nombre.

Un escalofrío recorrió el cuerpo de las chicas. Laura vio a Marta quedarse blanca, con los ojos abiertos como platos. El pequeño no parecía tener miedo. No entendía qué hacía una desconocida en su habitación.

Las dos bajaron corriendo, pero al llegar vieron que allí no había nadie más que él. La pareja llevó al menor a su cuarto y juraron que no volverían a dejarlo solo en esa habitación.

ORBES DE LUZ

Llegados a este punto, la situación en esa casa era inviable. Marta apenas pasaba por allí después de lo ocurrido y Laura ya no se sentía cómoda.

Las siguientes semanas fueron peores. Llegamos a ver bolas de luz que salían por la ventana y luego volvían a entrar hacia el salón. Los gatos perseguían estas luces del tamaño de una pelota de tenis, pero a los pocos metros se desvanecían.

En un principio, los orbes de luz tan solo aparecían de madrugada, pero con el tiempo era normal verlos incluso a plena luz del día. Las entidades campaban a sus anchas por la vivienda y ya ni siquiera se molestaban en esconderse. En apenas unas semanas, el escepticismo de Laura había desaparecido completamente y un miedo intenso se había apoderado de ella. ¿Cuál iba a ser el siguiente paso?

VISITAS DEL MÁS ALLÁ

La siguiente visita que tuvo Laura fue la de su abuelo. El anciano no se encontraba bien y necesitaba cuidados todo el tiempo, así que hizo las maletas y se fue a casa de su nieta todo el mes de octubre.

La habitación que ocupó fue la de invitados, donde el hijo de Marta había dormido noches anteriores. Al estar ubicada en la planta baja de la casa, facilitaba la movilidad del abuelo.

Al anciano tampoco le hizo falta mucho tiempo para darse cuenta de que ahí sucedía algo. Durante las noches escuchaba a dos mujeres hablar al otro lado de su puerta, en el pasillo. Llegó a pensar que era su nieta, hasta que esta le aseguró que no había salido en toda la noche de su habitación, ubicada en la segunda planta.

Pero lo peor ocurrió poco después: unas manos frías despertaron al anciano más de una noche acariciándole la cabeza, presionándole el pecho o, incluso, destapándolo de golpe.

Mientras, en la planta superior, el sueño de Laura también se veía interrumpido con golpecitos en su puerta. En una ocasión llegó a abrir pensando que podía tratarse de su abuelo, pero allí no había nadie más que ella. Al menos, nadie que Laura pudiera ver.

Las entidades llegaron incluso a interferir en la relación de Laura y su abuelo, haciendo que esta se deteriorase. En más de una ocasión, cuando hablaban abuelo y nieta en voz alta de un lado a otro de la casa, una tercera voz respondía de forma cortante, llevando la contraria a alguno de ellos o soltando palabras malsonantes para provocar peleas entre ambos.

SOLA ANTE EL PELIGRO

Tras la marcha de su abuelo, Laura volvió a quedarse sola en la casa. Era algo a lo que antes estaba acostumbrada, pero que ahora se le hacía mucho más difícil. Incluso sus animales eran incapaces de quedarse solos: siempre seguían a Laura a todas partes y parecían temerosos.

A esas alturas sentía que ese no era mi hogar. Todo el rato tenía una sensación de vacío.

Susurros, objetos que se movían, orbes de luz, figuras invisibles que llamaban a la puerta... Una actividad paranormal que fue creciendo hasta llegar al punto más extremo y peligroso de todos: incendios en diferentes puntos de la casa.

Afortunadamente, Laura siempre llegó a tiempo para apagarlos. Más de uno comenzó con un ligero olor a chamusquina. A partir de ahí, Laura tenía que recorrer las tres plantas a contrarreloj, intentando descubrir de dónde venía.

Las últimas semanas en la casa se le hicieron interminables. La joven se sentía más torpe; se le caían las cosas de las manos, se cortaba con los cuchillos y ya no sabía si las voces que escuchaba venían de fuera o de su cabeza. Más de una vez veía una sombra negra por el rabillo del ojo y escuchaba golpes que la despertaban durante la noche. A esas alturas, lo que fuera que estaba sucediendo le había consumido tanto la energía que Laura llegó a la conclusión de que todo esto tenía que acabar.

LA DESPEDIDA

Finalmente, se fue de la casa y la puso en venta. Pero antes de venderla, Laura contactó con una médium para ver si lo que había en esa casa procedía del más allá.

Fui a una mujer para que me ayudara y sin conocerme ni saber nada de la casa, describió la vivienda habitación por habitación.

Tras visualizar el lugar en su mente, la médium le contó que allí había dos entidades, una pareja de ancianos. Ambos transmitían mala energía y querían que a Laura le fuera mal para que se marchara de la casa o, en el peor de los casos, que se quedara allí sola, aislada de sus seres queridos.

Una vez se mudó, Laura mejoró notablemente. Actualmente, ya no siente esa presión constante en el pecho ni esos ojos invisibles que parecían observarla allá donde fuese. Aun así, la siniestra imagen de aquel lugar se le continúa apareciendo en sueños, como si una parte de todo eso se hubiera ido con ella.

Desde entonces, no he dejado de tener pesadillas sobre esa casa y la familia que vivió allí.

LAURA

UNA HISTORIA DE AMOR
Y DE FANTASMAS

En julio de 2016, Andrés se mudó con unos amigos a un piso en pleno centro de Madrid. Llevaba tiempo queriendo independizarse, pero no tardaría en darse cuenta de que alguien, una entidad, lo acompañaría en esta nueva etapa...

Todo comenzó de golpe, como un jarro de agua fría. Durante la primera noche, Andrés se tumbó en su nueva habitación y apagó la luz de la mesilla. Se arropó con las sábanas y cerró los ojos. «Primera noche en mi nuevo hogar», pensó.

Cuando estaba cogiendo el sueño y su respiración era cada vez más profunda, la puerta de la habitación se abrió bruscamente.

El joven se incorporó, sobresaltado, y el frío impregnó el ambiente. Andrés se levantó algo aturdido para cerrar la puerta y pensó que una corriente de aire habría sido la causante. Un argumento que descartó a los pocos segundos, al darse cuenta de que las ventanas estaban cerradas.

Además, aunque el piso era muy acogedor y el propietario había pintado las paredes, era antiguo y las puertas de madera se habían deformado con el paso del tiempo. Para cerrarlas o abrirlas era necesario hacer fuerza, mucha fuerza. La corriente de aire tendría que haber sido muy potente para poder abrir la de la habitación de Andrés y esto habría desencadenado una ráfaga que, lógicamente, habría movido las cortinas, los papeles de encima de la mesa o la lámpara de la mesilla. Pero nada de esto había ocurrido. La puerta se había abierto sin más con un golpe fuerte y seco.

Andrés no le dio más vueltas al asunto. Así que volvió a tumbarse en la cama y con el cansancio del trabajo y la mudanza no tardó en caer rendido.

SUEÑOS PREMONITORIOS

Esa noche, Andrés soñó con una amiga. La joven parecía preocupada y le señalaba su móvil una y otra vez. De sus labios salían palabras sordas que él era incapaz de comprender.

Cada vez más nerviosa, la chica agitaba el móvil y lo señalaba. Poco antes de despertar, Andrés oyó unas palabras procedentes de los labios hasta entonces mudos de la chica: «¡Andrés, mira el móvil! ¡Mira el móvil, es importante!».

Sobresaltado, el chico abrió los ojos. Todavía era temprano; su cuarto estaba sumido en una profunda oscuridad y a través de la ventana se colaba la luz de la luna y de las farolas que alumbraban la calle.

El joven miró el móvil. En la pantalla aparecía la hora en números blancos sobre un fondo negro: las 5.59. Un minuto después le sonaría la alarma, pero estaba tan cansado que sesenta segundos le parecían suficiente para poder recuperar algo de sueño.

Tras silenciar el irritante sonido del despertador, el joven volvió a dejar su móvil sobre la mesa y se dio la vuelta. En medio de la oscuridad, comprendió que había alguien a su lado. Una chica, sentada con las piernas cruzadas e inclinada hacia delante sobre uno de sus antebrazos, escribe lo que parece ser un diario que reposa sobre sus rodillas.

De pronto, la joven levantó la cabeza y se quedó mirando el móvil de Andrés, que iluminaba ligeramente la habitación. En ese momento, él la vio más claramente. Parecía de su misma edad; tenía el pelo oscuro y llevaba una camiseta palabra de honor.

Sin ser consciente de lo que estaba pasando intentó fijarse en su cara, pero parecía difusa, como si estuviera borrosa. El joven sabía que no se trataba de alguien de carne y hueso. Y es ahí cuando empezó a alarmarse y a ser consciente de lo que estaba ocurriendo.

Se incorporó rápidamente y encendió la luz de su mesilla. En cuanto se giró para mirar a la joven, esta había desaparecido.

Minutos después, mientras desayunaba con uno de sus compañeros en la cocina, le contó lo que le había pasado. Incrédulo, su amigo respondió: «Lo habrás soñado. Seguro que el cansancio te ha jugado una mala pasada».

LAS CARTAS NO MIENTEN

Después de entrenar como todas las mañanas, Andrés se fue a trabajar. Es osteópata profesional y se dedica a detectar problemas en articulaciones y músculos, que trata con masajes y ejercicios. Concretamente, se ayuda del *reiki*, una técnica natural que busca el equilibrio físico, psíquico y emocional de las personas.

Esa mañana, Andrés tenía cita con una paciente suya que leía las cartas. Una vez terminada la sesión, ella le ofreció leerle el futuro y él, entusiasmado, aceptó. Cuando salieron de la consulta, Andrés aprovechó el ambiente místico para contarle lo que le había ocurrido esa misma noche y hablarle de la presencia de lo que parecía ser una joven.

«Sé que tienes una presencia en tu casa, contigo», lo interrumpió la paciente. «La próxima vez que se te aparezca, que lo hará, pregúntale por qué está ahí». Sorprendido ante la firmeza de sus palabras, Andrés asintió.

Esa misma noche, mientras fregaba los platos, volvió a sentir la presencia de alguien. En aquel momento estaba solo en casa, pero su instinto más primario le decía que se equivocaba.

Recordando las palabras de su paciente, Andrés respiró hondo y, con los ojos cerrados, se giró lentamente, rezando para no llevarse un susto. Segundos después, abrió los ojos: esperaba encontrarse con algo, quizá con la joven que había visto en su cuarto aquella noche, pero allí no había nadie.

LA JOVEN QUE SE QUITÓ LA VIDA

A los pocos días fue a visitar a sus padres. De camino, pasó a saludar a uno de los mejores amigos de su padre y le contó la extraña experiencia que había tenido aquella noche en que se le había aparecido el fantasma de una chica.

El hombre dejó sus herramientas a un lado y le preguntó, pensativo: «¿Sabías que en el edificio en que vives ahora se suicidó hace un tiempo una joven?».

Él palideció y negó con la cabeza. «Creo que fue no hace mucho», añadió el mecánico mientras retomaba su trabajo. «Quizá tenga algo que ver con lo que viste en tu cuarto».

Se despidieron y Andrés se quedó pensativo. El miedo que sentía hacia esa presencia se convirtió en un sentimiento de pena. ¿Y si era esa joven la que se le había aparecido aquella noche? Se le encogía el corazón al pensar que había muerto de esa forma tan cruel.

Pasó casi un mes hasta que Andrés volvió a sentir algo en su casa. Eran alrededor de las cuatro de la madrugada y estaba despierto haciendo la maleta. Al cabo de pocas horas cogería un avión a Tailandia.

Mientras metía la ropa en la maleta lo más silenciosamente posible, la puerta de su habitación se abrió de golpe. Al instante pensó en la joven que había visto unas cuantas noches atrás, quizá era ella la que estaba ahí con él. Lejos de asustarse, pensó que no era el momento de comunicarse con ella, así que decidió decírselo: «Ahora no», dijo en alto mientras cerraba la puerta.

EL REENCUENTRO

Andrés no se volvería a reencontrar con la entidad hasta mucho después, una tarde de octubre en que él y una amiga, Marina, pasaban el rato en casa de ella. Esa noche la atracción entre ambos era más que evidente y la chica le ofreció quedarse a dormir allí, pero Andrés estaba muy cansado y prefirió irse a su piso.

Como de costumbre, una vez llegó a su casa dejó el móvil en la mesilla y se metió en la cama. De madrugada, empezó a llover a cántaros y el sonido relajante de las gotas hizo que se sumiera en un profundo sueño.

A la mañana siguiente, el joven encontró su móvil debajo del edredón. Era raro, porque recordaba haberlo dejado encima de la mesilla. Cuando lo desbloqueó vio que tenía varias llamadas perdidas de Marina.

Por teléfono, la joven le contó que esa noche habían ocurrido cosas muy extrañas en su piso. A eso de las tres de la mañana, las ventanas de su salón se habían abierto de golpe y el viento había derribado un mueble, que había terminado hecho añicos en el suelo.

Pero lo peor es que Marina sentía que había algo en su casa. Algo malo. Tal era la sensación que acabó durmiendo en su coche y a esas horas de la mañana, seguía dentro del vehículo.

Andrés fue a buscarla para subir juntos a casa de Marina. Él siempre se ha considerado una persona sensible, aunque intenta anteponer la ciencia y lo racional por encima de todo. Pero cuando entraron a la casa, sintió exactamente lo mismo que le había descrito Marina por teléfono.

Un humo denso comenzó a subirle por las piernas, algo así como un cosquilleo que le avisaba de que allí había algo. «No sé qué tienes aquí, pero no tiene buena pinta», se limitó a decir Andrés mientras recorría detenidamente la casa.

Segundos después, una serie de golpes rompieron el silencio. La joven se acercó a él, asustada, mientras intentaba encontrarle un sentido a todo. Andrés abrió las ventanas para ver si esos golpes procedían de la calle, pero se dio cuenta de que el sonido venía de dentro.

Poco a poco, los golpes los llevaron hasta la habitación de una de las compañeras de piso. Esos días la joven estaba fuera de la ciudad, por lo que era imposible que hubiese alguien dentro.

Pegaron la oreja a la puerta de la habitación, cerrada con llave, y esperaron, hasta que escucharon claramente que los golpes venían de ese cuarto.

Asustados, cogieron sus abrigos y se fueron de allí. Después de lo ocurrido, Marina volvió a vivir en casa de sus padres durante un tiempo.

UN ENCUENTRO MÁS CERCANO

Semanas después, cuando Andrés ya había olvidado el suceso, los eventos paranormales se repitieron en casa de otra amiga suya, pero esta vez con mayor intensidad.

Estaban los dos viendo una película en casa de Marta cuando, en un momento, dado una lámpara de papel les cayó encima. Afortunadamente, el susto quedó en nada. Ninguno salió herido y la lámpara no se rompió.

«¿Cómo ha ocurrido esto si las ventanas y puertas de mi casa están cerradas?», comentó con una risa nerviosa su compañera.

Andrés ni siquiera respondió. Una parte de él se puso alerta, recordando los incidentes en casa de su otra amiga, semanas atrás. Una historia que había olvidado, pero que recordó de golpe con la caída de la lámpara.

En un primer momento, Marta no parecía asustada. Pero cuanto más intentaba buscar una explicación a lo ocurrido, menos entendía qué estaba pasando. En pleno noviembre, con las bajas temperaturas, ninguna de las ventanas estaba abierta. La lámpara era de esas de pie que no se movían fácilmente. Era todo muy raro.

Mientras el nerviosismo de la joven aumentaba, Andrés empezó a notar ese cosquilleo pesado en las piernas. La cosa volvía a estar allí, con él.

A los pocos segundos, un orbe de luz del tamaño de un balón de baloncesto empezó a materializarse frente al televisor. No era la primera vez que Andrés lo veía. Meses antes, en el funeral de su tío, había visto algo similar salir del féretro segundos antes de que lo enterraran. En aquel entonces, Andrés había sabido de quién se trataba: era su tío, que abandonaba el mundo de los vivos y ponía rumbo al más allá.

Pero en esta ocasión, la esfera luminosa se alzaba amenazante sobre el joven, que se había quedado petrificado mirándola fijamente.

—¿Qué te pasa? —exigió saber Marta, histérica, sacudiendo la mano a unos palmos de los ojos de Andrés.

—Si te digo lo que estoy viendo ahora mismo no te lo vas a creer —se limitó a responder él.

Tras contarle a Marta lo sucedido, la joven le pidió a Andrés que se quedase a dormir con ella. Todavía algo aturdido, él respondió que prefería irse a su casa y, aunque ambos creyeron que todo había terminado, estaban muy equivocados.

A la mañana siguiente, él se despertó con una foto en su móvil. Era de Marta. En ella aparecía una de las ventanas de su casa: en el cristal se veía la marca de una cara estampada, como si alguien hubiese estado observando. Algo imposible al tratarse de un octavo en un piso en el que solo vivía ella.

EL PORQUÉ DE TODO

Parecía que esa cosa acechaba a Andrés. Eran demasiadas coincidencias y encuentros en diferentes lugares donde siempre había un factor común: él.

Tiempo después, durante una de sus consultas, recibió a una paciente nueva que se llamaba Rosa. Congeniaron desde el principio y la confianza fue tal que, tras la sesión, se quedaron hablando de las energías, un tema que fascinaba a Andrés y que a Rosa también parecía interesarle.

La conversación era fluida y, en cierto momento, el joven aprovechó para contarle lo que le había pasado una noche hacía ya tiempo, mientras dormía en su habitación. La vez que Andrés había visto a la joven en su cuarto.

Después de escucharlo atentamente, Rosa cerró los ojos y se concentró. Poco a poco, empezó a describir los rasgos de la joven: unas características algo generales —pelo largo, morena, etc.—, pero que encajaban a la perfección con lo que había visto Andrés aquella noche.

Rosa le ofreció entonces hacerle una limpieza energética cuando acabara su jornada laboral. Él aceptó, aprovechando que esa tarde la tenía libre. Unas horas después ella apareció en el local equipada para la ocasión.

En un brazo llevaba una especie de barra de cuarzo, en el otro una campana tibetana y un medallón dorado.

Se sentaron los dos en la habitación y cerraron cortinas y ventanas. La sesión iba a empezar. Andrés se recostó en la camilla y Rosa se sentó a su izquierda. La joven respiró profundamente antes de comenzar la sesión, para concentrarse, y segundos más tarde hizo sonar la campana tibetana y escuchó atentamente su vibración.

Con los ojos cerrados, dijo que en aquella habitación hay cuatro almas errantes. Le explicó a Andrés, en un tono sosegado, que era normal que las entidades se refugiasen en un centro dedicado a salud y que no debía preocuparse; así que empezaron con la limpieza.

Rosa le dio un medallón rojo, con una especie de dragón dorado grabado, para que el joven se lo colocara en el pecho y mirara hacia una de las paredes de la sala. Le pidió que visualizara un portal y que dijera en alto unas palabras para pedir a las entidades que se marcharan al otro plano.

Andrés tenía los ojos cerrados, para visualizar mejor el portal y, en el momento en el que estaba diciendo las palabras en alto, empezó a sentir algo. Algo que había sentido tiempo atrás, cuando otra de sus pacientes le había leído las cartas.

«Volví a sentir ese hormigueo que noté el día que estaba fregando los platos, en la cocina. Aquella vez intenté establecer contacto con la entidad y no pude, pero el día de la meditación fue muy diferente», comenta en su experiencia.

De pronto, en la oscuridad de su mente se le apareció una cara. Aunque su compañera de meditación, Rosa, estaba a unos metros de él, sintió que alguien le agarraba el brazo. Abrió los ojos y miró a su paciente: por la expresión de su cara supo que ella también estaba viendo al fantasma.

A su lado, una joven de pelo oscuro le cogía del brazo y levantaba la otra mano en señal de «stop», indicando a Rosa que no se acercara. Como si, de alguna manera, quisiera dejar claro que Andrés formaba parte de ella.

Su amiga le recordó lo que debía hacer: «Dile a las entidades que crucen el portal, que se marchen al otro lado». Andrés cerró los ojos y, desde lo más profundo de su interior, repitió las palabras de Rosa. La entidad lo miró, desconcertada, pero él se mantuvo firme y repitió la petición.

«Era todo muy raro, porque en mi cabeza empecé diciéndole a la entidad que cruzara el portal, pero a los pocos segundos me vi dirigiéndome a ella de una forma más cariñosa. Le decía: "Amor, cariño, venga cruza al otro lado". No sé por qué, pero me salía de dentro. Una parte de mí no quería que se marchara, aunque no la conociese de nada».

A Andrés le comenzaron a brotar lágrimas de los ojos. Su corazón quería pasar más tiempo con esa chica. «Quería abrazarme a ella y estar así durante horas», cuenta. Le era imposible seguir. Si hablaba, sería para rogarle a la joven que por favor se quedara con él.

En ese instante un cilindro helado se le posó en la espalda, casi como un puñal. Era Rosa, su compañera, que le pedía urgentemente que siguiera con las palabras que debía recitar. Si no lo hacía, la cosa podía empeorar.

Después de que Andrés recitara la frase una y otra vez durante unos segundos, Rosa bajó la guardia. «Se ha ido», confirmó. Pero él no pensaba lo mismo.

Fue entonces cuando su amiga decidió marcharse. Andrés se quedó mirando a su alrededor desde la camilla y, ahora que estaba solo, lo invadió un profundo sentimiento de pena. Estaba destrozado.

«De repente sientes el amor más puro y lo tienes que dejar ir».

UN FINAL INESPERADO

Cuando Andrés estaba a punto de irse, alguien llamó a la puerta de su local. Era Rosa, que había vuelto para contarle nuevas noticias:

—He hablado con ella.

—¿Con quién?

—Con la entidad de la mujer que te persigue. Se llama Alba y hace muchos años estuvisteis conectados. —Andrés se quedó en silencio—. Fuisteis pareja en otra vida. Un matrimonio que se quería mucho. Pero tú perdiste la vida en un accidente y ella no pudo soportarlo y se suicidó poco después.

Ahora todo tenía sentido. Andrés recordó la mañana en la que había hablado con el amigo de su padre y este le había contado la historia de la chica que se había quitado la vida en el edificio. También comprendió por qué la entidad siempre iba con él. Aquellas veces en casa de Marina o de Marta, cuando habían ocurrido cosas inexplicables. El amor incondicional que había sentido hacia ella durante la meditación... Todo.

Después de aquel día, Andrés no ha vuelto a reencontrarse con Alba, la joven que fue su amor en otra vida. Sí que es cierto que en ocasiones ha tenido la sensación de que ella lo acompaña y está a su lado. Pero una parte de su cabeza le dice que el subconsciente le está jugando una mala pasada.

«Es más una historia de amor que de terror», comenta. «Me gusta pensar que esta entidad está conmigo en cierto modo: a pesar de haber sido traumático, me pareció algo muy bonito. Gracias a ella he podido experimentar lo que es el amor verdadero. Nunca antes me había pasado».

EL FANTASMA DEL POLIDEPORTIVO

Trabajo como vigilante de seguridad desde hace cinco años en Cataluña. He hecho rondas nocturnas en fábricas, en recintos a medio construir alejados de todo, en cementerios... Pero en ninguno lo he pasado tan mal, como en el polideportivo de mi ciudad.

Pepe

No hay que retroceder mucho en la vida de Pepe para conocer una de las peores experiencias de toda su carrera profesional, que sucedió durante una de sus guardias nocturnas. Todo comenzó con una llamada de teléfono del conserje del polideportivo ubicado a las afueras de su ciudad. El hombre le ofrecía a Pepe una buena cantidad de dinero por vigilar el lugar desde las ocho de la tarde hasta las ocho de la mañana.

El conserje le dijo que tan solo estaría él. Un lugar tan extenso como el polideportivo quizá requería más personal, o al menos eso pensó Pepe, pero la oferta era buena y no iba a dejarla escapar, así que aceptó.

Días después, tal y como habían acordado, el vigilante de seguridad y el conserje se encontraron en la puerta del polideportivo. Tras una presentación rápida, el bedel procedió a explicarle también muy rápidamente en qué iba a consistir su trabajo. El anciano le enseñó las instalaciones y las pistas ubicadas en el exterior, para después terminar el recorrido en el torreón desde donde Pepe podía controlar a través de las cámaras de seguridad todo lo que ocurría en el polideportivo.

Cada hora en punto, el vigilante debía recorrer las instalaciones, que no eran precisamente pequeñas. Según lo acordado, tenía que empezar por las pistas, para luego recorrer la entrada principal, cruzar los pasillos y terminar en las máquinas expendedoras. Todo totalmente a oscuras, tan solo acompañado de la luz de su linterna.

Aunque su primera ronda fue tranquila, en la segunda algo empezó a cambiar. Cuando estaba recorriendo el área de descanso y la zona de las máquinas expendedoras, empezó a escuchar pisadas a su espalda.

Al principio, tan solo era el crujir del suelo, pero los pasos cada vez se hacían más repetitivos y parecían caminar detrás de él. «¿Hola? ¿Hay alguien ahí?», preguntó Pepe. La única respuesta fue el silencio.

Pepe mantuvo la compostura y caminó lentamente hasta llegar al pasillo. Una puerta separaba una estancia de otra. La cerró tras de sí y, cuando solo se había alejado unos metros, escuchó perfectamente algo que rascaba la puerta desde el otro lado.

De forma instintiva, el hombre se dio media vuelta y abrió la puerta de golpe. Esperaba encontrar a alguien, quizá a un ladrón, pero allí no había nada...

Todavía con el susto en el cuerpo, el vigilante de seguridad fue hasta la entrada principal para salir fuera y tomar el aire. Necesitaba que el viento frío lo devolviese a la realidad. Empezaba a pensar que la noche y el cansancio estaban haciendo estragos en su mente.

LA FIGURA AL FINAL DEL PASILLO

Cuando retomó su ronda nocturna, Pepe vio a uno de los lados del vestíbulo, bajo la tenue luz de las máquinas expendedoras, una silueta alargada, muy alta y amorfa que lo observaba atentamente. No era una persona, ni mucho menos un animal. No sabía de qué se trataba, pero aquel ser se movía lentamente hacia él.

A esas alturas, ya no era Pepe el que se abalanzaba sobre la silueta, era su instinto más primario: el instinto de defenderse y atacar. El vigilante alargó los brazos hacia la figura, que no pareció inmutarse lo más mínimo, y cuando estaba a tan solo unos centímetros de ella, la criatura desapareció en apenas un abrir y cerrar de ojos.

Pepe no se lo explicaba. La entidad se había esfumado y solo había dejado las huellas de lo que parecían unas manos en la ventana.

El vigilante salió de allí enervado y totalmente abatido. En su mente resonaban una y otra vez las mismas preguntas: «¿Lo que había visto era real? ¿Había alguien más dentro del polideportivo?». Sin obtener respuesta, el hombre puso rumbo al torreón desde donde podía controlar las cámaras de seguridad y, quizá, encontrar la respuesta a lo ocurrido.

Pero, desgraciadamente, en las imágenes tan solo aparecía él girándose una y otra vez durante su última guardia, apuntando con la linterna a todas partes y abalanzándose sobre la nada. Parecían las imágenes de una persona con una grave enfermedad mental. Una posibilidad que hasta el momento no había barajado... Una tercera pregunta se sumó a las anteriores: «¿Había perdido la cabeza?».

Inclinado sobre los monitores, empezó a ver por el rabillo del ojo que una de las cámaras captaba movimiento. Pegó la cara a la pantalla y analizó detenidamente la imagen: una puerta ubicada en la entrada principal, que él ya había cerrado con anterioridad, se cerró de nuevo. Como si alguien fuera tras sus pasos, un ser que las cámaras no captaban pero que Pepe podía ver.

Un sudor frío le recorrió todo el cuerpo; el corazón le latía con fuerza y las manos le empezaron a temblar. Era como estar dentro de una pesadilla de la que no podía despertar.

Desesperado, Pepe decidió salir a tomar el aire. Todavía faltaban más de tres horas para terminar la guardia y un frío helado soplaba con fuerza en las pistas de tenis, apenas iluminadas por las farolas de la calle. Pero eso daba igual, era mejor tiritar de frío que de terror.

A la mañana siguiente, cuando su reloj de muñeca marcó las ocho en punto, salió del polideportivo y acto seguido llamó a su jefe para exigirle un traslado. Su superior, extrañado, le ofreció una alternativa: vigilar los vagones del tren. Algo que cualquier vigilante de seguridad evitaba a toda costa. Allí solo hay gente que se queda dormida en los asientos, borrachos que buscan pelea y personas que molestan a los pasajeros; en resumen, muchos problemas. Aun así, Pepe aceptó. Cualquier cosa era mejor que soportar otra noche en aquel polideportivo. El vigilante evitó dar argumentos a su superior y este, finalmente, se rindió y dejó de preguntar. Pepe sabía que nadie lo iba a creer, ni siquiera su jefe, pero lo que había visto y sentido aquella noche era completamente real:

Pasé la noche en mitad de las pistas, al aire libre y con los nervios a flor de piel. En mi vida me había sentido tan mal.

«LA GENTE DE LA SOMBRA» EN LOS CIELOS DE GALICIA

Fue una experiencia bastante complicada. Totalmente real. Todavía hoy sigo sin explicarme qué era esa cosa humanoide que caminaba por el cielo.

Antia

En un pequeño pueblo del norte de España, una niña llamada Antia vivió uno de los episodios más escalofriantes de su vida. Junto a ella, su hermana y su abuelo también vieron una figura negra que caminaba en las alturas y se esfumaba en la oscuridad de la noche.

Antia y su hermana pasaban la primera quincena de agosto en casa de sus abuelos, en un pueblo costero de Galicia. Ese era, quizá, uno de los mejores momentos del verano: dedicaban los días a divertirse, comer como nunca y recibir el amor incondicional de sus mayores.

Ese verano, sin embargo, no lo pasaron solos. Unos amigos de los abuelos habían venido desde Madrid para disfrutar con ellos de la montaña y del mar. La familia se alojaba justo al lado, en una casa que también era propiedad de los ancianos.

Tenían por costumbre cenar temprano. Y mientras tanto, Antia y su hermana los esperaban fuera, jugando alrededor de la casa.

También fue así el día que sucedió lo inexplicable. Las dos pequeñas correteaban entre los árboles cuando la mayor alzó la vista y, acto seguido, frenó en seco.

—¿Qué es eso? —le preguntó a su hermana mientras señalaba el cielo anaranjado del atardecer.

Antia miró hacia arriba. Un frío helado le recorrió la espalda. Efectivamente, ahí había algo que no parecía ser de este mundo.

A más de cien metros de altura, una figura humanoide de un color negro intenso caminaba a paso decidido en línea recta. Era muy fácil distinguirla en un cielo tan claro como el de aquella tarde, en el que no había ninguna nube a la vista. La entidad se desplazaba con los brazos en alto y tenía una forma de moverse muy extraña, que no se parecía a la de una persona caminando. Sus pasos eran difusos, como entrecortados.

Antia empezó a llorar. El terror que le provocaba aquella cosa era tan grande que le costaba llenar sus pulmones de aire y todo el cuerpo le temblaba sin parar.

Las dos chicas corrieron a casa, donde encontraron a su abuelo sentado en el sillón viendo la tele. Le suplicaron al anciano que las acompañara y cada una de ellas lo cogió de una mano para llevarlo hasta la entrada principal: desde allí, los tres pudieron ver perfectamente aquella cosa que continuaba caminando por el cielo.

El pobre hombre se asustó aún más que sus nietas. Llevaba toda la vida viviendo allí, en aquella casita de la ladera del monte, junto a la playa, pero jamás había visto nada tan escalofriante.

Regresó lo más rápido que pudo con unos prismáticos en la mano para ver de cerca la entidad. Era de color negro y parecía una persona, aunque con las extremidades más gruesas de lo normal y unos andares que no eran propios del ser humano. Pero lo peor era su cara... O, mejor dicho, la ausencia de cara: aquella cosa no tenía rostro.

Las niñas miraron a su abuelo, asustadas, con la esperanza de escuchar una explicación. El anciano era una persona escéptica, que pensaba que los fantasmas, las brujas y cualquier tipo de ser extraño no eran más que imaginaciones. Pero ese día se quedó sin palabras, no tenía argumentos... La criatura que estaba viendo no era de este mundo.

Durante los siguientes minutos, los tres vieron a la figura seguir avanzando a la misma velocidad. Poco a poco, fue descendiendo hasta aterrizar a unos cuantos metros de la casa, en medio del campo, donde tan solo una triste farola rompía la oscuridad de la noche.

Antia, curiosa, abrió la valla del jardín y se dirigió al monte para ver más allá de la farola. Lo hizo sigilosamente. Con cada paso que daba, sentía que estaba más cerca de aquella cosa. Tan solo le quedaban unos metros para llegar hasta ella, unos segundos, cuando...

—¡Antia! ¡Ven aquí, que ya hemos terminado de cenar!

La voz de su abuela espantó a ese ser, que desapareció en la oscuridad de la noche.

La niña volvió corriendo y los tres explicaron a los demás lo que acababan de presenciar. Solo recibieron como respuesta las risas de sus amigos y familiares y alguna que otra frase como:

Os lo habréis imaginado.

Sin embargo, tanto Antia como su hermana y su abuelo saben perfectamente que lo que vieron fue real. Tanto que, como explica Antia, ninguno de ellos olvidará jamás aquella misteriosa tarde de agosto:

Esta experiencia me marcó muchísimo, porque ha sido el único acontecimiento inexplicable que he vivido. Nunca me voy a olvidar de esa figura.

EL DATO

Los *shadow people*, también conocidos como gente sombra o seres sombra, son entidades espectrales de color negro. Tienen forma humana, pero carecen de rasgos faciales. A menudo esconden malas intenciones y pueden mostrarse violentos y hostiles.

La creencia popular dice que proceden del inframundo o de otras dimensiones. La mayor parte de veces aparecen de noche, incluso, se dice que estas figuras se dedican a observarnos mientras dormimos durante un largo periodo de tiempo.

DICCIONARIO DEL MISTERIO

COMO TODOS LOS CAMPOS DE ESTUDIO,
EL DEL MISTERIO TIENE UN LÉXICO PROPIO. Y, AUNQUE PAREZCA
UNA PARADOJA, YA QUE SE TRABAJA CON CONCEPTOS CASI INTANGIBLES,
EL MUNDO DE LO ESOTÉRICO TIENE UN VOCABULARIO MUY PRECISO.
AUNQUE MUCHOS UTILIZAN ESPECTRO, FANTASMA O *POLTERGEIST*
COMO SINÓNIMOS, LOS INVESTIGADORES PARANORMALES SE REFIEREN
A FENÓMENOS MUY DIFERENTES CON CADA UNA DE ESAS PALABRAS.
POR ESO, OS COMPARTIMOS ALGUNAS DEFINICIONES MUY ÚTILES SOBRE
EL MUNDO PARANORMAL.

ECOS DEL PASADO: Es la energía que queda en un lugar en el que en algún momento de la historia han sucedido cosas terribles, ya sean crímenes o miseria y que se manifiestan en un futuro en forma de hechos paranormales. «Allí donde ha habido tragedias y sufrimientos mantenidos en el tiempo se dan fenómenos paranormales», explica el investigador paranormal Gonzalo Parra. Por eso, los edificios encantados suelen tener pasados trágicos.

ESPECTROS: Son entes que aparecen en los lugares en los que ocurrió un acto violento o una tragedia y que repiten una y otra vez una misma acción como si fuera una representación teatral. Están atrapados en esa rueda y, aunque haya personas que puedan presenciarlo, no interactúan con los vivos.

FANTASMAS: Aquellos espíritus que no han sabido trascender al más allá y se han quedado en la dimensión de los vivos simplemente porque es lo único que conocen. Algunos no saben que están muertos, por lo que actúan como en su vida normal y producen fenómenos paranormales como la apertura de puertas, el movimiento de objetos... Otros sí saben que están muertos y provocan estos fenómenos paranormales para llamar la atención de las personas sensitivas porque quieren contar su historia, dar la versión de algunos hechos, resolver asuntos... En cualquier caso, necesitan la ayuda de un médium que consiga calmarlos, alejar su miedo y sus frustraciones y los guíe al otro lado.

GENTE DE LAS SOMBRAS: Se trata de entidades paranormales que se perciben como siluetas oscuras de forma humanoide. Se caracterizan porque se han reportado encuentros en prácticamente todo el mundo, suelen quedarse inmóviles vigilando a sus víctimas y, en la mayoría de las ocasiones, parasitan la energía de los vivos.

GRUPO HEPTA: Asociación de investigadores paranormales creada por el padre José María Pilón en 1987, siguiendo las pautas de actuación que en este tipo de investigaciones habían implantado con anterioridad en Estados Unidos profesionales como Ed y Lorraine Warren. El Grupo Hepta acude de forma altruista a las llamadas de personas anónimas o instituciones que tienen problemas paranormales. Está formado por reputados profesionales que han investigado misterios tan conocidos como el del Museo Reina Sofía, las Caras de Bélmez o el Palacio de Linares.

GÜIJA: Tablero de madera con un puntero que se desplaza por números, letras y palabras a voluntad de un espíritu, inventado en 1880 por Elijah Bond. Aunque para hacer una sesión de güija hay que cumplir ciertas reglas básicas, como no jugar en una casa para evitar que los espíritus se queden en ella o no preguntar por la fecha de nuestra muerte, la más importante es sin duda cerrar la sesión antes de que cualquiera quite las manos del puntero. Es decir, el espíritu con el que hemos contactado debe decir «adiós». Si esto no sucede, el portal espiritual que se abre con la güija se quedará abierto por lo que los espíritus podrán quedarse en el mundo de los vivos. Gabriele Amorth, exorcista del Vaticano, atribuye una buena parte de las posesiones demoníacas del mundo a estos casos.

INVESTIGACIÓN PARANORMAL: Es el estudio de los lugares, fenómenos y grabaciones paranormales de la forma más seria, rigurosa y científica posible. Normalmente lo realizan grupos de expertos en distintas disciplinas físicas, como médicos, físicos o periodistas; y paranormales como sensitivos, médiums o psíquicos. En España destacan el Grupo Omega, la Sociedad Española de Investigaciones Parapsicológicas y el Grupo Hepta.

PARÁLISIS DE SUEÑO: Una afección por la que una persona, cuando se acaba de quedar dormida o justo antes de despertar, queda completamente paralizada, aunque es consciente de todo lo que pasa a su alrededor. Se relaciona con el mundo paranormal porque, en ocasiones, estas personas observan entidades monstruosas que les vigilan o que, incluso, se les suben sobre el pecho y les impiden respirar.

PARÁSITOS ASTRALES: Son entes que se pegan a las personas vivas y se alimentan de su energía y de su aura provocando cansancio, enfermedad, miedo, ira, desesperación o tristeza, entre otros sentimientos negativos. Normalmente, se ven atraídos por personas que pasan por momentos de alta vibración, es decir, momentos caracterizados por cambios inesperados, peleas, discusiones, enfermedades...

POLTERGEIST: Es un fenómeno paranormal caracterizado por el movimiento, desplazamiento y levitación de objetos junto con golpes, sonidos y otros fenómenos inexplicables, que está producido de forma inconsciente por una persona viva en estado de estrés o conflicto emocional e interno.

PSICOFONÍA: En la investigación parapsicológica es la grabación de sonidos que no se corresponden con ninguna causa física aparente y que se suelen atribuir a espíritus o a sonidos del más allá.

SOMBRAS: Entidades paranormales incorpóreas y de color oscuro que no tienen una forma definida.

SPIRIT BOX: Es una herramienta de parapsicología que barre varias estaciones y frecuencias de radio en segundos creando ruido blanco. De esta forma, se supone, las presencias atrapadas en nuestro mundo o las que ya han cruzado al más allá se pueden comunicar con el investigador e incluso responder sus preguntas.

URBEX: Es la abreviación de *urban exploration* (exploración urbana) y consiste en la práctica de infiltrarse en lugares abandonados como casas, sanatorios u hospitales. En ocasiones se relaciona con el misterio porque los aficionados al *urbex* buscan investigar lugares paranormales y captar en ellos fenómenos misteriosos.

BIBLIOGRAFÍA

Blanco-Soler, Sol. *¿Hay alguien aquí? Fantasmas*, poltergeist *y casas encanta-das de España y el mundo.* Barcelona, Booket, 2014.

Contreras Gil, Francisco. *Casas encantadas: Cuando el misterio cobra forma.* Madrid, Editorial Edaf, S.L., 2008.

Gómez, Juan Enrique. *El Fantasma de la Diputación: Volumen 1 (Cuadernos espec-trales).* Granada, CreateSpace Independent Publishing Platform, 2016.

Ilollic, Heidi. *The Hat Man: The True Story of Evil Encounters.* Milwaukee, Level Head Publishing, 2014.

Martínez-Pinna, Javier. *Los orígenes ocultos del Tercer Reich.* Almería, Editorial Guante Blanco, 2018.

Montijano, Juan María y Leonardo E. Fidalgo. «Patrimonio y ciudad. Cortijo Jura-do, especulaciones sobre su futuro», *Isla de Arriarán: revista cultural y científica*, n.º 19, 2002, pp. 15-20.

Pérez Caballero, Francisco. *Dossier negro: edición España.* Madrid, Atanor Edi-ciones, 2013.

Pérez Campos, Javier. *Los ecos de la tragedia.* Barcelona, Planeta, 2013.

—, *Los otros.* Barcelona, Planeta, 2016.

Emma Entrena y **Silvia Ortiz** son periodistas y están especializadas en comunicación *transmedia*. Amantes del miedo y lo paranormal desde siempre, dirigen el podcast *Terrores Nocturnos*, referente sonoro en el mundo del misterio y el crimen real, desde que se conocieron en Onda Cero en el año 2020. Sus cautivadoras historias, caracterizadas por una investigación exhaustiva, se mantienen cada semana entre las más escuchadas de España. Ahora, con cinco millones de escuchas y un millón de seguidores en redes sociales, se embarcan en uno de sus mayores sueños: un proyecto literario con el que descubrir los rincones más misteriosos de España.

Este libro se terminó de imprimir
en el mes de octubre de 2023.